創作課

周芬伶

目錄

卷前語

卷一 創作課

卷二 寫作實務

卷三　文學少年

卷前語

東海青春期

周紘立

逃跑的背面意思是，否認一個水泥製的現實。

要說移植東海的歲月，想了幾日，無非就是為了逃跑。家庭的糾葛令人身心疲憊，一個剛滿十八歲的人如何能懂能體諒父母的決裂，如一次兩次無數次板塊移動造成的地震，搞得自己像個最可憐的受災戶，你必然知曉更大的劫厄還會再來，卻無法透過任何儀器預知發生的時刻。所以逃跑。

逃跑是個具體概念，但命運是隨機的。譬若剛來台中，學生們賃居新興路，路窄肩膀容易磨出火花，這條路上倒是生意蓬勃，小吃攤子極早就占據巷口，有店面的商家招牌不亮鼎鑊已經熱鬧滾燙，一餐四五十就能打發。青春的胃如同青春的腳，前者不怕大腸桿菌，後者不嫌棄路途迢遠。我住的地方是大度山的至高處，每個準點校園的鐘聲潛透落地窗，拿起背包步行下山路，由最繁華拐進學校園圍牆邊的小洞口。一道低矮的紅磚砌的牆阻隔清倉大拍賣的喇叭聲和食物的香，彷彿是條結界，過了，數以千計的相思木讓出一人寬的鋪石路，樹根底常常留有破殼的眼鏡蛇的卵，再過去各系所大樓分兩縱隊安座，一樣有樹，東海是個樹比人多的地方。上學路往往耗擲半小時在走，初初迷路相當正常，跟隨機的命運相仿：不是依憑捷徑抵達目的地。

班雅明〈動物花園〉寫：「對一座城市不熟，說明不了什麼。但在一座城市中迷失方向，就像在森林中迷失那樣，就需要學習。在此，街巷名稱對迷失者來說聽上去必須像林中乾枯嫩枝發出的聲響那樣清脆，而城市深處的小巷必須像峽谷那樣清楚地映現每天的時辰。」在東海便是需要這樣生活，陌生卻可喜。人聲與鳥鳴，走久了就有路引。在這般摸索的過程裡，巧遇了周芬伶老師。

初上周老師的課，心裡只覺得她很酷，不易親近，或許源於那時她剛大病初癒，臉狹而尖，口紅暴露臉色的蒼白，加上話不多，縱使拿著麥克風，她仍然像個吝嗇的女高音偶爾摩擦聲帶流出金屬色的聲音，薄而脆。一堂課折騰下來，周老師的嗓子總像開完演唱會般暗啞，於是八仙果潤喉是必備品，見到她不是正在吃八仙果就是正要將裝八仙果拉鍊袋打開。那給我一種矛盾的感受：

一隻有懼高症的鳥。鳥生而為鳥，此事無法違抗；病症也是。極端的因子加總起來，便產生人的臉譜，揭露「沒有天天在過年的」，於是波瀾難免，暈眩難免。

《世界是薔薇的》後記寫：「生命中有種種凶險，大凶險才有大美麗。我們肉身經歷一次又一次的劫難，斷臂立雪，體露金風，最後變成一朵微笑。我常微笑看人生，覺得值得一活。」親情的破碎使她對周遭有了層膜，卻又在趕往郵局的路上被一個因車輛倒退而閃身躲避的胖子撞倒，後腦杓硬生生擊地暈厥，醒來失去的還是失去，不該失去的也失去，譬若健康。這些都是從周老師書裡讀來的，她自己是不說的。

透明之人是我另一件合身的衣服。

也像磁石或者，地球之於南北極。

假使當初不是因為一篇課堂繳交的小說作業，或許我可能一輩子都不會創作。假使周老師沒有「溢美」新手的第一篇拙作的話，也不會有那些個日以繼夜敲打鍵盤的衝動了吧。洶湧的地伏流終究找到出口，一字一鑽，倒也抒發滿腦子對於父母的憤慨，逐漸感知尚未認識的自己。

周老師是愛才的人，正如同她的老師趙滋蕃，將宿舍開放給年輕的靈魂，多像進入輝煌文明前的那把不小心點燃的火，彼此相互取暖。聖誕夜報佳音、期中期末班聚，當然找餐廳的理由還有更多，吃吃喝喝培養出好感情。有次在衣蝶的woodstone酒足飯飽、逛畢各樓層後，步離之際，一個身高一八〇以上的型男頭頂海軍藍帆船帽，立衣領、亮皮鞋，為我們開門並且道別。隨口說了句：「我的媽呀也太帥真想認識他。」周老師顯露小女孩的本色，提供我多條攀談藉口，什麼「跟他說我們對台中不熟，文心路在哪？」諸如鼓動句子，耳裡持續響起義勇軍進行曲，彷彿就要革命。周老師自言是個「radical」，那麼我應該是個保守派，怕社會稜角太尖銳太貼近會渾身是傷，寫小說也就是要躲在故事之後，擔心的便是一旦過於坦承，等於正面迎撞現實了。然而跟周老師相處，教條和規矩顯得其次，不敢說那是雕琢，卻是逐漸了解自我。

覺得非主流去整形或自知缺陷而安之若素，都需要勇氣。

背離又何嘗不是？那是逃開此處至那處的緣由。

書寫是自我對話，怎麼對自己撒謊呢？

來到東海像是撿回一張真正的臉，曾經視而不見，連自我都厭惡的臉，與生俱來卻揚棄二十幾年，透過文字重新認識自己。家庭的糾葛逼迫遷移，往返兩地搭統聯客運需耗時兩個半鐘頭，距離使我在東海得以檢視發生之種種，詭奇的命運是天譴亦是恩禮，古人說「國家不幸詩家幸，賦到滄桑句便工」，周老師說既然老天爺將它拋到你頭上你只好也只能承接下來。

二〇〇五年我到了一座森林般廣袤的學校，在那裡談了兩段戀愛，搬了三次家，許多書籍跟雜物豐實一個關於家的嚮往，幾乎是心靈重建的規模，走熟新興路與東海校園，不需要路標也不會迷路；過往叛逃的原因，在宿舍裡的電腦螢幕上獲得救贖，中藥溫潤般地養身體。

命運的必然與隨機，難以預測。

可幸好我在東海度過美好的時光，以文字防腐一段青春期。

瘀血漸漸化開的日子

楊富閔

直到現在，我偶爾還會想起二〇〇六年的秋天，靜宜大學一場以女性文學為主題的研討會上，受邀出席、同時也是論文研究對象的芬伶老師，特地寫了一篇名為〈胡笳十八拍〉的新文章，由我的同學彥欣負責朗誦。〈胡笳十八拍〉訴盡一名滿心自責的母親對青春孩兒的思念與掛憂，現場啜泣聲是這裡那裡，我在台下聽的心底一陣驚動，還不太專業地問起身邊的同學百合：「所以是真的嗎？」、「老師跟她兒子去逛逢甲夜市的寵物街？」那天之後，當時喜讀文學、正在修習當代小說課程的學生們紛紛將MSN狀態改成：「如果你就要來找我，我將為你熬煮一鍋好湯，以多年的苦念與煎熬燉煮，加入一點苦瓜，一點糖霜，苦與甜的攙和，將湯的層次變得更豐富，如此方能顯示心靈之矛盾，人世之乖違。」我們喜歡在部落格摘錄芬伶老師的句子，這事好像從來沒跟她說過。

也是同年的春天，五月吧！大一下學期，我忽然找到在東海生活的節奏，每天活跳跳像台南山區來的放山雞，愛文學與攝影勝過一切，胡亂讀了許多小說詩歌，偶爾我會去芬伶老師的散文教室作客，芬伶老師的課程永遠是小班制，我常躲在後門進來的位置，一心想被看見、又怕被看見，恨不得捲起窗簾將身子團團裹住，我也不敢發言，發言聲音很小。那正是木蓮花開的五月，一個晚上，我騎著台味很重的RS紅系摩托車，在雨中載著百合，從東海別墅殺到逢甲夜市，只為找尋有賣瓶裝八仙果粒的藥鋪，準備送給芬伶老師當母親節禮物，八仙果該到西藥房還是中藥房買？我不記得了，她因長年教書用嗓，以及為謝格連氏症所苦，上課聲音也是很小，下課還得留在教室陪一群二十歲不到的學生五四三，我們都沒注意老師喉嚨已經啞了，還漫天說著比劃著。

還是二〇〇六年秋天，東海學生約在大二開始在校外租屋，聽聞芬伶老師別墅有間空公寓，我的朋友有意看屋，恰好芬伶老師擔心屋子閒置沒人打理，取得她的同意以及警衛的驗身後我們就出發了，那是我初次到訪芬伶老師筆下那座傷心處與破碎地，貿然闖入女作家的日常生活，其實心底十分緊張，究竟屋內有幾廳、幾房、幾衛浴全忘了，只記住光線不佳的牆邊櫃上，一座仿如「中山文藝獎」的獎牌呆立著，猜想老師搬離時沒有帶走，幾本瓷器相關的書籍挨身站著，我陪同友人看房，卻不敢四處走動，芬伶老師那時已寫出文學生涯代表作之一的《汝色》與《世界是薔薇的》，評論家紛紛視之文體裂變的關鍵期，同時離開起居多年的新興路，獨自一人住入新光三越附近的工作室大樓，於她亦是人生重大的轉折期。日後她的書寫源源不絕：《仙人掌女人收藏書》、《紫蓮之歌》、《青春一條街》、《粉紅樓窗》、《聖與魔》、《芳香的祕教》都是○五、○六年前後的作品，質量並出，續航力創作力非常驚人。

我一直記得她形容《青春一條街》一書有「化不開的瘀血」，如今想來，○五、○六年也是芬伶老師養傷的日子。《青春一條街》仍是周芬伶作品中我認為最特殊、古怪的一本，表面上是台中在地書寫，吃美食、穿華服、收藏逸品樂此不疲，我卻看到文字背後是一名單親媽媽面臨骨肉分離，艱度中年的獨居故事，讀之十分令人心疼。

是的，拋開學生身分，我亦是周芬伶的讀者。我的文學啟蒙顯然是遲到的，大學之前餵養我的是廟會文化、藝陣精神以及偏鄉大內的拓墾史事，我甚至不懂散文作文區別，高中時代唯一為自己買下的文學書籍算是洪醒夫的《黑面慶仔》；完全不知自己會出書當作家，從小到大的心願要不做師公道士、電台賣藥主持人，就是去當國文老師。〇五年初上東海中文系，尚在摸索課程規劃以及興趣取向之際，我會在報端讀到芬伶老師同時在三家報紙的專欄，我不知道對寫作者而言，一個禮拜經營三個專欄將如何耗費心神，芬伶老師還得教書與行政，我只知道沒有一篇是倉促之作，諸多精采文章比如〈織女〉、〈當我們一起癲狂〉、〈紫荊花孩〉雖不見收入現下任何一本著作，卻對當時鎮日翻著《中華日報》、《自由時報》以及《中國時報》的我來說有著劇烈的影響，不久，我在東海中文系舉辦的文藝營拿下第一座散文獎，台上頒獎者是廖玉蕙老師，獎品是比我還要高的大筆，象徵大筆如椽，台下芬伶老師奮力為我擊掌，我記得。

多年後當我問起芬伶老師〇五〇六年這段密集書寫的生活，她向我分享如何安排一日作息、如何把最好的精神留給寫作，紀律的產出，定量的閱讀，而且是雜讀，她說「好的文章需要等待」、「少量社交大量付出」、「書寫者讀與評與寫一樣重要」，「網路世界缺乏真實的經驗，文學需要走出去」。這是她為我開的創作課。

不知道芬伶老師還記得否？二〇〇九年，我快畢業了，晚上偶爾我會到夜間部去旁聽台灣文學課程，一次約是八點多接到她的急call——

「戶閔！（太激動以至於台灣國語）你有在學校嗎？我的鑰匙不見啦，好像丟在H305啊！」電話那頭聲音清楚立體、分貝史上最大，老師顯然非常焦急。

我一人躡手躡腳，趕緊包袱仔款款，離開上課中的教室，果然就在隔壁H305看見一整串鑰匙靜靜躺在講台，我心想這位太太妳也太糊塗了！連忙回電給老師：「老師、沒事，妳別急！我下山幫妳把鑰匙送過去，剛好順便去逢甲夜市。」其實我沒有要去逢甲夜市，卻想著讓老師來回奔波，還不如我親自送達；而我也不知她住的大樓在哪裡啊？只從她的文章判斷約在上石埤排水溝附近，附近有間整形診所，最主要應是因為我將要畢業，離開心愛的東海，對老師始終懷有一份感激之情，不知如何表達。

最後讓我嚴肅一點吧——謹以此文，向芬伶老師致謝，慶賀芬伶老師第N本書出版，歡欣誌念那些年我們在東海創作課的日子。

學生誌於台大台文所二〇一三年冬

卷一 創作課

書寫是異己與真我的拔河，我們身上存在著另一個迷失本性的自己，書寫讓你撥開迷霧，看見真實的自己，用這真實的目光看世界，或詩意或失意，但都沒關係，活生生的生命就在那裡。

創作能教嗎？

有關創作課，常有人說「創作是無法教的」。我覺得創作有能教與不能教。

不能教的是天分，還有技法，所謂技法是歸納前人的手法總結而出的規則，創作是創新之作，是為推翻舊規則的，這是創作不能教之處。

天才總是早熟的，或九歲或十歲就發現自己能寫，當然天才也有高低之分，天才高的無師自通，具有老靈魂或原始靈魂，老靈魂繼承大量的遠古與集體記憶，如神話與原始意象，使得他們年少而早熟，具有世故的智慧；原始靈魂跟老靈魂不同的是，前者是智慧的老人，後者是天真的孩童或原始人，他們的思考依憑著原始邏輯，富於想像力，我們常說藝術家常保天真，指的是這種基本款，老靈魂從來不天真，如魯迅、張愛玲……，他們的內心深處就有個智慧老人；而像豐子愷、冰心、琦君……心中就有永遠不老的小孩。

當然也有混合型的，那較複雜，先不說他。

然天才也有啟蒙者或老師，李白師法謝朓，魯迅私淑果戈里，張愛玲以紅樓為師，琦君有恩師夏承濤。

天才向天才學習，這是踩在巨人的肩膀上出發，寫作就怕踩在侏儒的身上前進，低囉。

天才向天才學習，文學史上的佳話是托爾斯泰與契可夫，福樓拜與莫泊桑。

當契可夫還是開業醫生，生意清淡，閒來看報紙寫小說，把小說寄給托氏看，托老看完沒丟到字紙簍，還給他回了一封信，信中說：「年輕人，我要送你兩把剪刀，一把剪前面，一把剪後面。」，導致契氏越寫越簡潔精要，後來變成「短篇小說之王」，他不只是短篇之王，還是極短篇之王。

第二個「短篇之王」莫泊桑，他早年寫過詩與劇本，就是沒寫出什麼名堂，沒寫對文類，大約是初學者的通病。年過三十才投到福樓拜門下，福氏只教他兩件事，第一是坐到路邊或咖啡館去觀察人群，小莫坐了一天沒收穫，第二天、第三天……他回去跟老師報告他的大發現：「這世界上沒有兩個人是長得一模一樣的。」這句話不是廢話嗎？可真能體悟這道理的不多，否則一寫小說，每個主角都是一個模子刻出來的，千人一目。只有能分辨這棵樹與那棵樹，這粒沙與那粒沙的區別的，那裡面才有真觀察。

福氏教莫氏的第一是觀察，第二是文字，也就是「一字法」，一種感覺，一種樣態，一個物件，只有一個形容詞也只有一個形容可形容，如果還有第二個、第三個，那必然不夠精確。

觀察能力與文字精確是福氏體會的寫作入門，為什麼他教得出莫泊桑，因為他對寫作有心得也肯教導。

這說明為什麼有些作家能教出徒弟，有些則不能。

教出一流的徒弟跟寫出一部傑作一樣振奮。

當莫泊桑寫出第一個短篇傑作〈脂肪球〉時，他寄給老師看，福氏寫了信洋洋灑灑好幾張紙，讚美這篇小說無一不好，並說自己開心大笑好幾次，你可知教到天才作家的快樂？

一個肯學一個肯教，誰說創作不能教？

創作不能教的是技法，能教的是心法。作家大多不肯提他們如何寫作，但每個人都有自己的寫作心得。這種心得有時不是幾句話可說明白，大抵來說，你先要找到自己信服的對象，跟著他學習。

我跟老師學習時，他只叫我抄他初完成的稿子，那稿子乾乾淨淨，一個錯字都沒有，哪需要重抄？

後來寫作時，稿子一定乾乾淨淨、遇有塗改馬上重寫。這種事情現在誰願意作呢？

後來愛上抄寫稿子，看到好句子就抄下來，抄寫跟閱讀大不同，手抄變慢讀，慢讀變記誦，後來可把好的字活吞下去。

大量抄寫，量變產生質變，這不是說寫作是抄寫，而是抄寫把寫字量變大，一般人寫不過千字，寫作者要有寫萬字、百萬字的能力，字庫變大，才能寫出較好的千字，過程像練跑步，從一百公尺開始，慢慢變三千，一萬……。

當你只能寫較好的幾千幾萬，那不過是初學者，什麼時候能成家呢？有一說寫超過百萬才通神。

也許不用百萬，像曹雪芹寫了十年，幾十萬字改來改去，加起來也快破百萬，這樣的漫長自我苦學也是可以。

回想我的寫作歷程，寫到《汝色》方知昨非今是，而寫作之道無止盡，之前只覺得寫作是苦差，很久才有動筆的欲望，沒有嘗到寫作的快樂，當然是苦寫而非樂寫，寫作要樂寫，跟閱讀要樂讀一樣，如呼吸般自然，靈感隨召隨來，越寫越出，這哪能不快樂，這哪需要被逼稿，被獎助計畫拖著跑，啊，真的沒有偷吃步法，算算之前已出十來本書，不也是破百萬。

讀書破萬卷，下筆如有神，寫作破百萬，或許能通神。

這說法並不適用於詩與早熟天才，還有類型小說，因為它會套公式滾量，跟長壽劇差不多。歌德二十來歲寫《少年維特的煩惱》，一鳴驚人，中年時寫出《浮士德》更驚人，但性質也不同，後者比諸前者更成熟。

老師無論到哪裡都帶一本小筆記本，自稱為「小本派」，這是隨時隨地養成觀察，馬上記下來的習慣。

每個人或多或少都會有靈光乍現的時刻，作家是那個會提筆把它記下來的人。

一兩本傑作只是表現，而寫作是持久的表現。

我沒有資格為作家說話，寫一本創作課的想法，有點無聊且多餘，作家有時間該去好好寫自己的作品，寫什麼創作課？只是莫名其妙教創作課剛滿三十年，藉此回顧自己的創作歷程，在與小說纏鬥卡關的空白時間拿來談談創作與相關的問題，也算是回憶錄的一種。

老作家的創作課

我的老師不僅愛寫，更愛教，他也許不是最好的作家，最好的人，卻是最好的老師，他像個傳教士一樣，常說要帶領我們尋找迦南地，那時的他已五十幾歲，離死去只有十年，我抓到他最後的十年。

當他聲名正炙時，在自己的專欄公開在家免費開班收徒弟，那時我正休學在傳播公司上班，算是學院的逃兵，寫作不適合冰冷的學院，現實社會則會讓你無心思無閒暇寫作，我已經二十四歲，卻還在文學門外徘徊，午夜夢迴，我彷彿聽到老師呼喚我「叫那個有詩人氣質的小孩來上課」，終於又回到他的課堂，我剛逃離校園他的課，卻跑到校園外上徒弟班。

他校園外的課很不一樣，從詩歌、散文、小說上到影評，以實作為多，通常現讀一首詩馬上評，師生殺到西門町看完電影，馬上在戲院旁的小飯館講評。他的文學理論與批評都靠自學，而且直接從德文學，在香港大約有個德國教授或牧師開啟他，他有一整牆的德文書還在香港，德國人重邏輯與方法，方案設計是批評方法與實作課，我喜歡眼睛看得到的方法學與實作課，精確而有效。

精確、合理、有效大約是他的上課重點，這像是形容某種探勘儀器，對寫作也許沒有直接幫助，這些訓練對我原是一團漿糊的腦袋變得較有條理，誰說文學只有感性，如果缺乏邏輯，你連自己在說什麼都不知道。

要明白自己想寫什麼？寫出來的是什麼？這是寫作的第一步。

許多人說他也寫作，熱愛寫作，看他的文章卻碎亂不成篇章，只能說是朵朵小語，或文字遊戲，要寫就寫真的重的大的全的。

最重要的是理想，文學最美的是理想，歌德這麼說，老師卻身體力行。

回想至那個時點，那是岔出去的一個點，像我這個從偏鄉出來的文學愛好者，有著無人瞭解的鄉僻性，最後會不會與世寡合呢，到底是鄉僻性造成與世寡合，還是與世寡合終究會回歸鄉土，或者兩者互為因果。赫曼赫塞常提及這鄉僻性格，因為他在德國南部出生，寫的是非正統的德文書寫，打不進主流文壇，他的思想受老莊與佛教影想，重內省與冥想，是東方式的直觀非西方式的推理；想到鄉僻性也讓我想到龍瑛宗，他是新竹北埔人，雖然拿過中央級改造文學獎，在日本人中他是邊緣，在台灣人中也是邊緣，就因為他是鄉下出身的客家人，沒有讀台北帝大或東京帝大，內心總有自卑感，一九四二年他跟呂赫若、吳濁流一起到台北帝大上工藤好美的課，這幾個出色的作家中，以龍最為退縮，而讓呂與吳瞧他不順眼。這個鄉下出來的小個子有輕微的口吃，他總嚮往著南方，並書寫著南方，那時日人的「南方學」已然形成，他為什麼那麼魂牽如北非般的南方，因著白熱化的陽光、令人沮喪的高溫與潑辣的熱帶景象，這便是我來自的地方，因為海角七號引來大批遊客，在這之前是如何被錯待錯看的土地？過了北迴歸線，景觀與文化皆異樣，它讓初赴台北的遊子，感受到台北盆地莫大的威脅。因著這同感，我喜歡赫曼赫塞，第一個在書寫上打中我的即是他的特異風格以及他的鄉僻性，十八歲時瘋狂讀他的作品，並學習他的文法。

你所喜愛的，你所奮鬥的，你所夢想的，你所經歷的，你知否是喜悦？抑或苦難？升G和降A，降E或升D，能以耳區分嗎？

作家在死前，已進入無分別狀態，我還年輕，還在分別，解釋，辯說階段，有一天我必將走向無分別。

老師雖在主流的《中央日報》當主筆，然而他是被英國屬地香港政府流放的作家，只因為他揭露重生島的反人道慘狀，如果他留在香港，一定會為香港留下更好的作品，在他被遞解出境之時，只有救總願意伸出援手，這是他為什麼效命於國民黨的原因，來台之後的作品多與台灣這塊土地無太大關係，他最好的作品還是香港時期的作品。

他跟早期來台的軍中作家不同，跟台灣作家更不搭，他是流放再流放，始終站在邊緣的位置，拜這樣的人為師，只有更邊緣，更進不去主流，文學之路會更辛苦，這是當時的我思想不及的地方。

四十歲之前，我不管如何努力，都進不去那個文學核心，雖然勉強算是身在台北。

一個作家的養成，除了早早寫作早早讀書，參加文藝營文學獎，出書打書，該作的都作了，還是在外圍。

位置與路線加上機運決定作家的未來，台灣還是一個講門戶講師承台北中心的地方，在那個非胡即張，兩大報副刊的年代，我與張胡女作家同時得一個散文獎，都是佳作，領獎時我們坐隔壁，我看著她穿著白色長裙，長髮披肩，手上戴個可愛的戒指，她悠悠地轉那個戒指；我也穿著白色衣裙，長髮及肩，手上好像也有個小戒指，我也悠悠地轉自己的戒指，如果那時有手機自拍，會拍到她或像她的人，一樣是倩女幽魂，但我知道我們距離很遠，我的位置與她的位置相隔邈銀漢。那個獎主題是「愛的故事」，獎的設定在散文與小說之間，那時我還作著小說夢，借別人的故事抒發自己的心胸，算是半虛構散文，但主題是小說導向的，反正那時大家沒那麼計較，後來她的得獎作品被改編成電影，一時大紅，其他的作品幾近銷聲匿跡。

得獎的人胸前別一朵紅花，像新娘子一樣，但沒人跟你說話，我看見許多赫赫有名的前輩作家，看得人都變呆了，他們舉著酒杯談笑晏晏，為什麼我像局外人呢？等到大家都走了，場地空了，只剩我一個人在大廳發呆，這時有個工作人員過來笑說：「會都散了，你胸前那朵花還捨不得拿下啊！」我羞窘地打下花像撲滅一團火。

另外一個張胡作家拿了那年最大獎，也是長髮披肩，白衣白裙，更正點的倩女。

這就是機運，還有其他像毛線團般的理由。

有些人早成名，早成名固然幸運，但更幸運的越寫越好，那要有靈感大神加持才能作到。

那時的作家養成，不外是文學營與文學獎，還有許多令人嚮往的園地，副刊與文學雜誌。我從小學開始投校刊，中學投大詩刊，大學投文學雜誌，人們常說的文學美好年代有些是真，有些是虛胖的成分，文學刊物多，許多一流的人才流向文學，好過的有，不好過的也有很多，在那個金光閃閃的年代，放亮的是理想與熱情，而非金錢，在大家都窮的狀況下有一點就很滿足，這算不算美好呢？那時文學獎少，大家擠破頭，現在文學獎多，得獎沒人看，文學人口確實在大量流失，副刊影響力不再，獎金卻越來越多，這是不是更虛胖？我從不反對文學獎，那是寫作者的出路，現下可能是唯一出路，但我反對獎數過多獎金過多，如此讓獎的效用繼續貶值下去。有些得獎者得意洋洋地說老作家寫稿一字一塊，他才二三十歲一字四五十塊，爽翻了！剛開始寫就這樣想不好吧，現在十八趴都沒了，文學獎還四百趴呢！如果頒給一本書或寫作有年的作者無話可說，現在參賽者大多是新手，得獎者以年輕的學生居多，以前得大報首獎平均年齡如果是三十，現在可能下降到二十出頭，以較大規模的校園文學獎規格拿超高獎金，當然會出問題。

在香港文學獎首獎獎金通常只有一千兩千港幣，有的只頒電子字典一部。得獎不能光為錢，桂冠呢？台灣的文學獎獎金已淹到腳目，如果少一個零還有這麼多人來參賽，也許就是真的文學美好時代來臨了！

大家拚命討伐文學獎是沒用的，先修改辦法吧！擋人財路死在半路，何必以少數人之過打翻一船人，再說文學獎只是入門，剛入門不太懂行規自是當然，犯規者比例並不多，跟比賽的整個品質有關，這跟散文這個文類或真正的寫作沒太大關係，何必攪在一起說呢？

主流與文學流行

許多參賽者會問寫什麼題材才會得獎，有經驗的人就把近幾年的得獎作品拿來研究一下，什麼樣的作品會得獎大概有個通則，跟流行時尚差不多，解構的年代就流行分小段：跨界的年代，性別與自我告白體；全球化的年代通俗與文化論述最夯，但這些與真正的寫作無關，就算前行研究作得好，還是五經取士，八股文寫作。

得到只是獎金，跟中樂透差不多。

得獎後並不代表你會受到邀稿，如果主動投稿還會被退稿呢，自從我拿到那迷你獎，挫折感更深，兩大報副刊與兩大文學雜誌真是打不進去的銅牆鐵壁啊，他們閱人多矣，才不會被五經博士嚇到。

得獎的作品很少能留下來，長篇比短篇好，小說比散文好，這其中的道理令人深思，不要舉一些特例，科考文也有留下來的。

在威權時代，所謂的中心與主流當然與黨最靠近的越好，較早是《中央日報》，後來的兩大報跟黨都有密切關係，人間走的自由主義較激進些，非文學人編副刊較無包袱，鄉土文學論戰就在聯副點火，人間開砲，文學雜誌則是游擊戰，說起來我休學跟鄉土文學論戰有關。

初來大度山，每天泡圖書館七八個鐘頭，大家都在比誰的屁股大坐得久，研究聞一多、新月都被否決，現代文學統統不能研究，我撞牆碰壁了，每天發摟文學論戰打到哪，血都要噴出來了，哪讀得下古書？

在我得那個佳作之後，大約兩年乏人問津，我已經快三十了，就在快三十那年遇到金恆煒，因為一篇為學生寫的〈小大一〉（果然是要靠學生啊），他與夫人特地來東海一趟，從那時起我的散文（為何是散文我也想不透），密集地在《人間》出現，以筆名「沈靜」發表，隔壁是聯副水水女子，我們算同時出道，但她文采早發，美名喧騰，還有人以「散文國父」稱呼她。我呢？真的好沉靜啊！

第一本書決定你是國父還是烈士，接到第一封邀書信時，靈魂都要飛上天，馬上就答應了，結果更大的在後頭，接受第一個，等於得罪文壇，那時第一家還是被查禁的出版社，我真是笨到沒藥醫。

如果再重來一遍，我的選擇還是一樣，因為早在那個分岔點，命運早已安排好序列，我要走的是一條更漫長而坎坷的路途。

第一本如同預期的賣得很差，一版都沒賣完，只留下一張「絕美」的宣傳照片，我從來沒那麼美，以後也不可能那麼美，結果那張照片也被偷了。

連犯罪證據都沒留下的乾淨與安靜，如同老師說的「絕美是一種即將消失危厄的存有」。

感謝上天沒讓我快速成名，因為真的還不懂散文是什麼？寫的東西才八十分，八十分就能當作家太隨便了吧！

同年跟我一樣來自太母山下的田園作家也在同一家出版社出書，多麼美好的巧合，我讀他的作品，驚歎這才是真正的散文，真正的寫作。

老作家年輕時在台北副刊工作，每當寒流來襲，低溫讓他痛苦不堪，他懷念那塊高溫的土地，發高燒的鄉愁纏繞著他，更痛苦的是台北文壇的壓力，後來決定放棄，回到南方依傍著太母山，過著與世隔絕的生活，五十幾歲才寫出代表作，原來生命充滿隱喻與暗示，有一天我必將回歸太母山，我要真正的寫作。唯一的疑問是有必要如此嗎?與世寡合先生,都電子時代了,有必要如此嗎?

這又回到尼采的永劫回歸,不要問尼采為什麼非如此不可,去問他所處的是什麼時代吧?

文學過於集中在一個盆地,文青都往台北跑,至多能成就一個極度功利的城市,滿城盡帶黃金甲隨時捅人,台灣的命脈不只是一個城市,還有大海與高山,南方意味著遙遠的文學國度,一個不能企及的夢想,就像文學一樣,它不在此處,而在他方。

作家要站在有距離的他方,永遠地與中心抵抗,這其中有什麼方法嗎?

我覺得有一兩個參賽經驗足矣,不要為文學獎寫作,八股文一篇兩篇還可以,當你出書時,整本都是八股文,看來戰績輝煌,金光閃閃,可誰要看這種書呢?朝一本有風格的作品出發,夾一兩篇得獎作品,讓獎來配合你,而不是你配合獎,那就很夠看了。

我理想中的書,封面乾乾淨淨,有好書名,沒有一大排推薦語,沒有書腰(超討厭書腰,我一拿到先抽掉),沒有推薦序,連序都非必要,要說的都在書裡頭了。在這個過度包裝的時代，一本如枯葉般樸素的書總是能打動我。

現代人怕寂寞怕得要死，人一旦不甘寂寞則無所不為，出書有這麼重要嗎？你知道台灣一年出多少本書，大多連上架的機會都沒有，我每每看書店進書，裝在很像裝魚貨的醜陋大塑膠箱中，一箱箱運送，書跟魚差不多，很快就不新鮮了，新書店充滿腐朽氣息，置身其中常令我焦慮不安。

出書後不去新書店，不看排行榜，馬上進行下一本的寫作。輸了再來，贏了也別高興，出版本非作家的專業，他只負責寫不是嗎？

大概我是一個容易受影響的人，只能以強硬手法保護自己的書寫，讓別人或賣書與背後評價影響你是不智的，那只會讓你陷在焦慮、憤怒、忌妒、敵意……種種負面情緒之中，何苦如此。

喬伊斯的第一本小說《都柏林人》在二十初頭歲完成，等了十年才出版，一共賣出四五百本，其中有一部分是自己買的……，大家不想知道滯銷的故事，那暢銷的故事有比較激勵人嗎？如果立志要寫暢銷書，不要來寫文學書，文學書就是小眾啊，像小劇場擠滿了也不過三四十人，如果都是很有水準的三四十足矣，暢銷書動輒幾萬，其讀者群集中在國高中生，因為文青真的不多。

會買文學書的，以文學相關系所的學生為多，且集中在研究生，大學生不買書已非新聞，全台的文學研究生算算就那幾千，又不是人人買，所以文學書賣不過一刷兩千是正常的事，也有那三四刷的，都是帶有某種光環的作家，或者題材抓住流行，連出版業者也很難估算哪本書會暢銷，寫作者天天想這個，未免想太多。

不必以一兩本定輸贏，拉長戰線，十年一風水，看誰撐得久？

一個不愛說話的人，說這麼多實在臉紅，我認為壞老師都該下十八層地獄，卻因為遇到好老師，半被迫地上講台，如今也教了三十年，我上的第一堂課即是「現代小說選讀與習作」，因為這個課，自我教育三十年，遇到一些不可思議的人與事，讓我慢慢說給你聽。

二十七歲的文學講師

二十七歲在那個年代已不年輕，來當大學老師委實太年輕，尤其又是因為老師的緣故，一支支妒恨、懷疑的箭朝你射來。

其實我們研究所那班只有七人，其中兩人已在系上專任，我不過是兼任，且在老師任內，我從沒提過任何想教書的話，根本我討厭教書，更討厭說話。

一個一天說不到幾句話的人，要連續講兩三小時的話，真的會要人命，那時小說課是三三必修，你可知趙老師在作如何危險的事，在八〇年代初期他把現代文學：詩、散文、小說列為系必修，引起眾人群起攻伐，詩與散文請外面的作家來教，小說重課卻交在一個寫作還剛起步的小女生身上。

一定有內情——內線交易——桃色交易——姦情……，各種蜚短流長聽得我每日以淚洗面，我也是身家清白的女孩子。我真正的工作在報社，老師要搞革命，你能不送上頭顱嗎？我只能拿命來拚，死也要把課上好。

學生喜歡我，因為只有看到他們純真的臉龐才有笑容，你看他們聽得入迷了，我以為自己教得好，其實年輕又略有美色的老師誰不喜歡，學生越喜歡我，我就越願意把課上好。

那些都是磨練，是人性的修鍊場，當大家側目看我時，我低頭黯然走過，各種鄙視的、賤斥的、妒恨的面孔我都看到了，那些人用牙齒看你用眼睛咬你我也看到了，但我沒回應，沒回應就是最好的回應，於是又有黑函，於是又有人言之鑿鑿地寫一篇黑幕報導投到報紙，副刊主編沒錄用還拿給老師看，又說給我聽。

我嚇壞了，裡面還有我的日記……。

這是什麼世界？如果革命需要付出代價，那就是老師的生命與我的聲譽。這輩子因為這樣我無法快樂且清朗的面對學校作為鬥爭場的一面，但聲譽比起生命算什麼呢？我還有因學生的熱愛與熱淚啊。

老師的課程革命失敗了，人走了，親者痛仇者快，沒多久我出第二本書，得兩個獎，打破我的文章都是老師代寫的謠言。

我就是要寫很多更多，多到足夠作為一個回答，恥辱與痛苦的巨大回答。

我們只是師生關係，更多的是父女之情。

老師五、六十歲因身體太壞，血壓、血糖破世界紀錄（他自己說的）已不算男人，他常叫我「二回回」，那或許是「二女兒」的代稱，因我排行老二，他鍾愛的女兒小名「飛飛」，回回與飛飛諧音，在東海除學生外，大家叫我二姊，那時青妹與小妹都在東海讀書，一門五東海，堂兄妹、姊妹都是東海幫，堂兄害的。

他讀東海生物系，是我們的老大哥，聰明又會說話，說得我們入了迷都進了大觀園，現在他也是教授，堂妹、小妹都是，一個學一個，一門的愛東海，這愛害苦了我。

東海的環境很美，學生也有慧根，神仙洞府裡到處是牛鬼蛇神，常常，我想逃離學院，每想逃離都會出大事，第一次想逃離，老師中風，不久死亡；第二次想逃離，婚變；第三次想逃離，生病，第四次想逃離，排到宿舍，又將到海外客座。

這其中有因果關係嗎？或者互為因果。

在狀況最差時都是學生救我，初教書，受圍攻，那時東海為文建會開設創作班，彷如逃難所一般，創作班風流雲集，我的職稱是課務組長，排課兼接待，看到楊牧、蔣勳、張曉風、三毛、瘂弦、羅門、蓉子、羅青、楊念慈、司馬中原……讀人比讀書更有趣，為什麼三毛演講台下人塞爆，為之風靡呢？她的口才也許不是最好的，但幾乎是拚命演出，真心告白，在演講前她很焦慮，坐在大學鐘下拚命抽菸，幽幽地訴說在台灣當作家太苦了，她不快樂，感覺到她如夜般的憂鬱，我們在夜色中沉默相對，原來聲名、讀者、學生並不能帶來真正的快樂；蔣勳的嗓音迷人，又是愛美的人兒，白襯衫牛仔褲，脖子上綁著紅毛衣，手采迷人；瘂公的朗誦是一絕，妙人妙語，常是滿座春風；羅門口才好，又能知未來，他說不只是文學是生活的中心，而是整個生活都為文學存在；楊牧語言寡表情少，個性像大孩子，看到好吃的會拍手……這些大師風範為我上了一門文人美學與演講課。

如何把文學講得動人？如何用語言表達自己，很難，太難了。

然而我還是不會講話，我的工作是在開場前介紹作家，有個才高氣盛的大詩人站在講台上，正等我歌頌一番，我卻一時語塞：「他是個家喻戶曉的詩人，我想不必多作介紹，就開始吧。」看他一臉錯愕，我跑得比大度山的松鼠還快，恨不得咬舌自盡。

我同時有個小小的小說創作班，都是校外人士，有小學校長也有在地作家，年紀資歷都比我大，從質疑到接受，我到底說了多少小說與故事呢？說話需要鍛鍊，當你發現自己由辭不達意，到句句入心，每個語詞都恰好在應該的位置上，你要事先演練，反覆練習，直至像泉水般自然湧現。我學三毛的拚命精神，把近百本小說故事背得爛熟，還有小說的藝術特徵，從極短篇、短篇、中篇、長篇……，我講得又急又快，像背書一樣，但每個字都要扣住人心，學生都入迷了，我好入戲啊，演一齣叫上課的戲。

作家或多或少都有戲子的因子，那時文青傳誦瘂弦的〈坤伶〉：

十六歲她的名字便流落在城裡
一種淒然的旋律
那杏仁色的雙臂應由宦官來守衛
小小的髻兒啊清朝人為她心碎

是玉堂春吧
（夜夜滿園子嗑瓜子兒的臉！）
「苦啊……」
雙手放在枷裡的她
有人說
在佳木斯曾跟一個白俄軍官混過
一種淒然的旋律
每個婦人詛咒她在每個城裡

這是不是作家的原始心象呢？起碼是一部分吧。

常常學生擠在我那租來的公寓講他們自己的故事，相互傾吐，當他們演戲時，我陪他們排演，在舞台上貼膠布作記號，直到現在我們還保持聯絡，有個泰雅族中學老師，後來出了兩本小說集，受到矚目。

隨著教書的壓力，我的恐慌症越來越嚴重，有時到不能出門或見人的地步，只有走上講台，面對還需要你的學生，說了千言萬語，上完課常感動淚下，心情也變好，這是什麼樣的力量呢？恐慌症嚴重時像惡靈纏身，連自己也不認識，只有講述文學時，彷彿回復一點自己，重新活過來，這是為什麼我還留在校園，不光是學生需要我，我更需要學生，九二一大地震時，馬上打電話的是學生、來幫我清理災情的也是學生。

是學生教我如何講話，如何當老師，我只願對他們開放。

我愛才惜才，如能寫的絕不放過，創作者難免有妒才的心理，我以愛才克服總總負面心理，這樣所有的師生關係都是正向的，只有相互成長。

創作者有很多是自戀型人格，對他人無感冷感，以自我為中心，喜歡享受特權，虛榮心作祟。我早通過這個關卡，愛才如己，等於愛自己，尊重他人，對他人的輝煌成就，或名過其實的幸運兒，只有祝福，他們可能是發了幾生幾世的深願，努力過幾生幾世，而有此殊勝，我才努力幾年，算什麼呢？再說文學花園就是要百花齊放，獨尊一家或只有你一個人站在台上，這樣的文壇有什麼意思呢？

所謂散文

剛開始寫散文，並不確知散文是什麼？之前讀過許多散文，最喜歡林海音與豐子愷、冰心，把那些散文重新溫習，其時流行的散文文體以文字為重，或華美或唯美，或秀或豪，有時文藝腔過重，文藝腔到底怎麼形成的？跟翻譯體與古詩、新詩都有關，跟中西合併，古中國想像也有關，只要提到神州、黃河、漢家陵闕、古道西風，無不讓人熱血沸騰。那時的詩人多詩刊多，文青沒寫過幾首詩根本不算文青，詩寫多了，難免講究字句堆疊，而散文的文體保鮮度最低，流行個一二十年就退流行，五四散文到七〇年代，讀來已有隔閡。

我喜歡乾乾淨淨的文字，不作過度修飾，如果要講的話已很清楚，一句話就不需要用三句話來說。

混亂的思緒與情感先理清楚，用精確的文字說明白，這是為什麼有人說我的文字透明、澄澈，又有人說明白曉暢，難聽一點就是直白。

每回看自己的文章真想燒掉，直通通的就像粗人，還好寫的多是家鄉事家鄉人，粗就粗吧！人一旦啟動心靈，常會帶給家人禍害，或曝光或爆料，最可怕的是死亡。我初寫時死了大祖母，隔兩年又死了小祖母，因連請兩次祖母喪假，有人不解，才有〈素琴幽怨〉的產生，讓人知道我沒說謊，卻意外成為小祖母的代言人。

作家學生Y疑懼是否「連累了」阿嬤，一完成新書阿嬤突然死亡，另一個H，父親在出書後進出加護病房幾次，直到沒人理，孤獨死去。

而我才寫兩本，經歷過大祖母、老師、小祖母、祖父一連串死亡，加上弟弟入獄，現實比小說還殘酷、訛亂、錯迕，散文這文類太貼近自身，親人常成被寫者（被害者），抗議聲從未斷過，姊姊要告我，妹妹絕交，父親與弟弟警告再三，對我來說，寫散文就像寫自己，自己的血肉與最愛，有所愛才寫，不寫了，表示這個人從你心中刪除了。

再怎麼寫他們都不會滿意，就算沒寫她了，也以為在寫她。

我的家人可能是最不支持我寫作的人，因為我們家醜事太多嗎？應該說，他們都是能寫的人，是最刁的讀者，或者我搶奪他們的書寫。

散文書寫的掠奪性如此可怕，為什麼我堅持挖下去呢？一來是我的靈感來得太快，一旦發動就無法阻止，再來是有人的瘋狂仇視與報復讓我看到她自己也不知道的面目，她比我更想寫，卻被我寫掉了，那其中的妒恨跟同行競爭差不多。當多年後讀到有人寫我，我恨不得把他殺掉，過幾年我把他寫進文章，他也氣得想把我釘孤支。

只有母親默默支持我，不管把她寫得怎樣，她只有一句：「才知道你在外面的生活這麼辛苦。」

一切都因為我寫得太直接，又不知迴避。

散文是用正常的語言表達正常事，所謂正常與反常是相對，它跟詩語最遠，因為詩是陌生化的語言，是較反常的。散文的文字貼近自我與生活，可以拙樸如口語，也可繁縟如駢文，不論繁簡，都在可理解的文法中。正因為正常，大家覺得尋常，事實不然，散文家在不可說處找話說，在不能寫之處自找苦吃，徐志摩的《愛眉小札》，一般人能寫能說嗎？明知不可寫不可說，偏偏他說了，還寫得這麼動人，什麼「得之我幸，失之我命」，結果自苦到慘死，你可說他自找的，只因為他想對自己真誠，對讀者真誠，不得不然爾，一般般，或沒什麼要說的，何必寫出來呢；至於最容易說的柴米油鹽醬醋茶，也是要說出一個新意與趣味來，如梁實秋寫〈講價〉，講價誰不會，可誰能寫得這麼有趣，你覺得他真覺得有趣嗎，這是苦惱他的事呢，許許多多有趣的文章都是從苦惱出發。

我在梁實秋的文章中學到如何把苦惱化為幽默，小事件也可大書寫。

曾在一個宴會中見到梁實秋，是臉白白胖胖的北方大漢，散發儒雅斯文氣質，只是納悶為什麼臉上沒表情，從頭至尾都是一張撲克牌面孔，難道有點失智的傾向？心裡覺得悵然若失，回去讀他的文章大笑好幾天，他因為晚年重聽，引來種種困窘，裝懂也不好，要先聲明不就沒人理，只好裝作木雞一樣呆，他不呆，聰明得很呢，這篇文章當然也是妙文。重聽是難言之苦，可散文家就有本事化無言為有言。

等我學會散文要迂迴含蓄，那已是到第三本了，筆名被出版社強烈建議換成本名，我已經夠不紅了，還要用本名重新開始？對散文已有點意興闌珊，這時接到一個電話，是某大暢銷書集中地的出版社，她的聲音細弱但有小銀鈴在響，向我邀書，我們約在那家氣派的公司見面，她身高約一六〇，有雙溜溜轉的狹長媚眼、高鼻子，嘴型有點破碎，臉色發灰，我應該想到當時她健康已有問題，但她像超級電力公司，有股特殊的吸引力，卻拚命壓榨自己，以呢喃的舞台詞說：「你好像是宋詞中走出的人！」我想笑卻忍住，這個人比文青更像文青，比作家更像作家。果真她常投稿到副刊，還登出來，詩寫得真不錯。我們的談話像夢中對話，或心理治療，我治療她，她治療我，她的問題是一半一半的血統讓她忽左忽右，在婚姻中很寂寞，加上雙魚座的夢幻流動性，我的問題是在寫作中失去方向與婚姻不快樂。她有許多另類且新異的想法，對作家又是嘔心瀝血的好，她跑到深山陪作家看螢火蟲，到日本、香港、大陸找大明星作家，跟她談過書的明星數不勝數，很快的她作紅了一些作家，但對被忽視的作家一視同仁，我也把我的想法與她交流，激盪出一些想法，「三色堇」系列是我們對文學書共同理想的出發，但是她的不擅言詞，不愛開會，實在讓老闆難以忍受，三色堇格調雖高，卻與暢銷取向的公司走向不合，於是跳到另一家公司。

因為過度信賴，其實是依賴，她幾乎是我的經紀人與代理人，在那家公司，我第一次嘗到書賣好的滋味，九刷，一萬多冊，第一次作品改編成連續劇，還接受電視採訪，身在其中感覺木木的，表情更呆，好像是別人的事。因為作品很普通，都是少年小說，心虛得很，在那時一萬多冊也不足以是暢銷書。我連寫真正的小說都不敢，只學小兒牙牙學語。

那時的散文幾乎擱下，久久寫一篇，很朦朧還帶點實驗，真的，家事家人都寫完了，血抽乾了，才發現光憑蠻力寫散文是不夠。

初初寫作，常搞不清文類，或搞不定自己最強的文類，這裡寫寫，那裡寫寫，走太多冤枉路。其實能寫好一個文類就夠了，沒寫好的，才什麼都寫像八爪章魚一般。很多人在文學獎連中兩元、三元，固然風光，我心中覺得不妙，還在找文類呢！

作家與編輯

作家與編輯的關係可以很近也可以很遠。

這世上有兩種關係可以跟親情與愛情接近，只是接近，並不等於。編輯與作家的關係最親密時類似愛情，帶有相互傾慕的成分；老師與學生的感情也有情同父子或母子的，它帶有孺慕的意味。然而這是有時限且禁不起考驗的關係，它們存在著危險性與虛妄性。

台灣的文學主編大多是作家或擁有莫大的權力的媒體工作者，當他們像星探般挖到你時，其愛護與熱情跟戀愛沒兩樣，他總覺得你前途無限量，是最閃亮的星星，如果以熱情度來說，S恐怕無人能及。

她總在我一剛回台北電話就到了，約出去逛街或聊天，直至十二點，灰姑娘回家看見奧賽羅，他一臉的不悅與醋意，還摔她送我的東西，好像我們是偷情的情人，明明只是得了失心瘋，卻誤認為是蕾絲邊。

然而那時我還是籍籍無名的老新人啊，她的積極與我的自卑相互合作，成就十來年的腐壞寫作。如果有什麼正面的意義，就是讓我看破出版的虛妄性，以及聲名的背後。

她的大老闆是有名的海派小說出版家，妻子是暢銷書女王，住在神祕而浪漫的小出版王國中，他們日常的對話與故事也跟小說中一樣，住在精華地段，很突兀的一棟獨棟有庭院的豪宅中，一樓放畫一樓放書一樓是大浴室，聽說光浴缸就幾百萬，S有時會談他們的家事，我像小粉絲那般好奇，我見過大老闆與女作家一次，背後看見他們手牽手在房子附近散步，兩人頭髮都有點發白了，女作家的頭髮綁成辮子，他們的個子比我想像的矮很多。

我是看她作品長大的，這種間接的關係好奇妙，S的權力有大半是建立在這上面的。

某某出品必定暢銷，相信這個神話不就是一切敗壞的開始嗎？

S與作家們大多保持著親近關係，她是不是對我最特別，光想著就足以令人飛起來。

S跟我相契之處只有鄉僻性，她厭見長官，跟主流價值不合，她有很多另類的想法很前衛，所以能同情弱勢與邊緣族群。

當然她的文學品味不錯，她最大的敗筆是邊緣性格，敢於冒險與叛逆，不按牌理出牌。作家可以有邊緣性格，編輯卻不能。

當她坐順風車時，追隨她的作家無數，想投資她的大老闆也無數，於是就有開餐廳與自立門戶的想法。

她能簽到別人簽不到的書，作生意是完全不行，她沒有成本概念，或行銷能力，也坐不住，連編書也是普通，太高估自己，投資的人也過度期望，但她沒有承擔失敗的義氣，作壞一家再另設一家，或同時作兩三家，直至信用破產。

我永遠記得，她談到她的童年與年少時光，在恆春老家追著羊跑，每到黃昏看著夕陽發慌，父親與母親是外省老兵與本省少女的老少配，父親老得像祖父，母親老偷她的東西，弟弟浪蕩無業生了小孩養不起，她要養一大家子人。

這是她為什麼一定要賺錢，而且需要賺很多。

S編了許多好書，挖掘許多好作家，但生意這部分仍舊沒人能釋懷，也說不清楚狀況，真相隨著她的肉體死亡了，跟她交往密切的朋友因此退隱或得憂鬱症。

才想起初入行，老作家叮嚀不要跟編輯走太近，她一定也曾傷痕累累。

有一點可以確定的是，當時她發現的作家，現在一個比一個強悍，而且都還保留了二十年前的性情，如果把我們集合起來，可以說是S的受害人，也是受益人，我們常談的也是S，我們相互擁抱，像抱住S。

性情中人，心碎中人也。

我一直跟S的小孩保持聯繫，尤其是女兒，今年夏天跟她去奈良、京都，她是父親與母親優點的集合，長得越來越像S，在東大寺她追著小鹿照相，我的眼睛有霧，這是什麼樣的緣分？聽說佛死後化為一樹白花，白花一夕凋落，也許她是其中的一朵。

跟編輯的關係越淡越好，相互尊重，他們要照顧的人太多，偶爾聯繫，別給太多壓力，有些作家把編輯當褓姆，有些當下屬或上司，有些當麻吉，怎麼當都不是那麼恰當，我希望作家的經紀制度能建立，畢竟寫作者通常不擅或不管外務，必須有人幫他們談出版與版權。然而這在講人情的出版圈是有點困難。

作家過於依附主編或出版社，對他們的寫作不但沒有幫助，有時因過度涉入，妨礙進步，浪費那麼多時間交際，只有越功利，得失心越重，寫作還是得靠自己，是孤獨且漫長的路。

跟老師則保持精神傳承，關係穩定就好，翅膀硬了就高飛，飲水思源還是要的，有許多人成名之後立刻把老師丟在一旁，我言必稱老師，是想承續他的精神，勉勵自己莫忘初心。

那十年我出了三本少年小說，一本散文，一本雜文，一本小說，一本口述歷史，一本張愛玲專書，好壞參半，文類雜駁，這是沒有方向的寫作。

重要的轉向是《女阿甘正傳》，在美國那年寫成，進入婚姻後越來越叛逆，寫的是女性主義思維，我常在異國夜半醒來，背脊刺熱，像輕微灼傷，我已快邁入中年，微近四十，而一無所為，也沒為社會付出什麼，覺得深負年少之志，在美國沒人認識你，一無依傍，更能看清自己。

這是為什麼回國後投入女性口述歷史，當時女性主義研究是顯學，引進的都是西方理論，它或能解釋文學，然在文化上，東西有所不同、本土女性的聲音在哪裡？我要到荒野中找尋她們的聲音。

作田野的回饋常在意料之外，三年跑遍島內、海外，上山下海沒想為什麼而作，為那夜夜背熱而作吧！那些女政治犯吃盡國家的苦頭，卻沒有恨，放棄己私，只想在餘生多多付出，每當橫逆來臨，我總想到她們，覺得自己的苦好渺小，自己永遠是沒有答案的，別人與世界卻充滿啟示，我要把自己放得更輕更輕些。

至於意外地遇上張愛玲，這也是沒想過的，我躲她許多年，終於還是碰上了，有一天S問：「你想採訪張小燕的媽媽黃家瑞嗎？她是張愛玲的表妹。」那時張愛玲剛過世，各種傳記資料與評論掀起張熱，我想作個外省家族的女性口述歷史，採訪完黃家瑞，她說：「你想採訪我哥嗎？還有張子靜。他們對我家的事更熟，我可以幫你聯繫。」好啊！有什麼不好？S與我同赴上海，採訪張子靜時人還好好的，還幫他拍了一張照片，相約第二天去看老宅子，第二天一早到江蘇路那大雜院，不見他在門口等候，心覺不吉，進去問時，鄰居說他死了，昨晚死的。大約S跟他提想為他設法再版被告的那本書，但需委託書，他那天晚上約了堂兄弟商量，喝酒中往後栽就去了。台灣報紙登得很大，標題說我是最後採訪他的人。這不是間接說我是凶手嗎？其實他有高血壓與中風史，不太能喝酒，但此事跟我有關我也認了，這時才體悟歷史是債務這句話，背負著這麼沉重的債務，本來不一定要寫張愛玲，這下非寫不可了，既然碰上就好好寫它個四十萬字。

這時進入寫作量的鍛鍊，我以鋼鐵般的紀律，一天寫兩三千，八九個月完稿，寫作速度變快了，從短跑者變成長跑者。

口述歷史常在六七萬字的逐字稿中，整理出一萬字，六個人滾起來也有三十萬字左右，跟我一起作的學生葉昊謹，原來寫作長不過萬把字，作完口述歷史，他說他的小說想挑戰二十萬字。不管寫什麼，先求有再求好，能寫十萬代表你能玩更大。

學生是學經濟的，後來雙修中文，算是第一次帶徒弟，書成那年，他考上四個中研所，有幾個還是榜首，還得兩個文學獎首獎。

可惜他不知哪裡卡住了，沒有浮出檯面，只想待在東部過半隱生活，有什麼樣的因就種什麼樣的果。

我常跟他說寫作不要急，他真的不急，太不急了。像這樣又太散了，長期中斷對寫作不利，但不急的人就是甘於寂寞者，如果有一天拋出一本傑作，我也不意外。

寫無止盡

文類的問題總是困擾著我，雖被定位為散文作者，但我沒設限，因為沒一樣寫好，當然是東寫寫西寫寫。

詩是我的入門，小說是志向，散文則是意外，有心栽的花往往都不開。世紀之交的那次車禍，撞傷了腦，可能開啟另一種知覺。

畫面性的，燃燒性的，板塊移動的，連續性的書寫，我不願用自動書寫來稱呼它，只能說靈感自動來找你。

是我的痛苦感動謬思嗎？我比較願意相信寫破百萬或能通神。

原來寫作有這種，別人十幾歲得道，我四十歲才知道，如果寫作有第二種，那一定還有第三種、第四種……，這太吸引人了，寫無止盡，寫作太好玩了。

有靈感的作品像熱戀，頭腦在發燒，不寫不快；沒靈感的作品像婚姻，苦心經營也不一定成功。

我相信部分參賽者，有類似的頭腦發燒狀態，但那是主動的追求，有目的性的追求，一旦目的消失，燒也退了。

無目的性的等待，不知何時會來，像果陀一樣，但不等就不來，所以我現在每天一早，將最清醒的時光守在電腦前，剛開始都是胡戳亂戳，一直戳下去，有時就戳到寶，如果沒有，就改寫別的。我常同時開三四個檔案，這個卡關，就寫別的，通常主計畫停滯不前，臨時寫的跑第一。

我十八歲寫小說，停頓多年，一直處在眼高手低的狀態，但我才寫兩本，二十萬不到，相信寫破百萬，或有改變。

晚開竅的好處是不怕老，不怕等，說不定果陀真的會來。

《汝色》與《世界是薔薇的》是不同的作品，後者時間在更前面，還有早期硬寫的痕跡，前者是自動找上來的，兩者的區別是一快一慢，有靈感的作品大多快如閃電，且具有燃燒性。很容易區別。

大江健三郎很早就得諾貝爾文學獎，他早期的作品不重情節，側重心理描寫與理念表達，在重複性極高的主題中可感受到某種燃燒性，晚期的作品雖用力，有那麼點落漆，可讀他《輕鬆的紐帶》隨筆集，光彩四射，原來他的靈感都跑到散文來，怪不得要寫自傳小說。

連文學大家都有這個問題，他們的敗筆也比別人強。《世界是薔薇的》是生手的小說；《汝色》是老手的散文。

靈感到底是生理性的還是心理性的？如果是心理性那應該一出生就存在，是先天的，怎會拖到幾十年後才爆發，如果是生理性的，那就是後天環境與病痛的影響。

我想到杜甫先生，早期的文章也是好的，但太用力鑽研，引來李白的嘲弄：

> 飯顆山頭逢杜甫，頭戴笠子日卓午。借問別來太瘦生，總為從前作詩苦。

中年時期遭逢安史之亂，什麼樣的苦頭都吃了，寫出來的作品嚇死人，那是大爆炸，連他自己也不知如何定義這些作品，說是新樂府嘛，恐怕更新些，他的「三吏三別」散文化後就是小說了，而且各種敘述觀點都有，〈新婚別〉、〈無家別〉、〈垂老別〉是第一人稱觀點，〈石壕吏〉是旁觀觀點，〈新安吏〉、〈潼關吏〉是客觀觀點，他在那時代怎麼就知道變化觀點了，而且自立詩題，而非古詩、或什麼「行」了。這是他經過戰亂流離失所，生理改變，心理也改變了。

但他禁得起千古傳誦的句子，以晚年為最多，文字在他手裡千錘百鍊，神極了。

人是要走到外面去的，不走到外面，也應要求改變，如今宅在家裡的很多，鄉民更具有鄉僻性與邊緣性格。

網路是一個新田野，你會在其中看到許許多多人，聽到許許多事，有時你也會因此激動莫名，但那好比電光石火，在腦中停留的時間不超過三天，所以很難形成真正的經驗，它擁有巨大的流量與空間，但還看不到它對寫作有何幫助。

城市要在心靈中立體且鮮明，只有跨到另一界去。

人界也好，人界也有性別與階級：鬼界與神界，不可說。

有關城市，大家已談論太多，未來城市越大，城市中的鄉民越來越多，因為中心越來越模糊，每個人總是在反抗，但不知向誰抗議。

有人在城市過著鄉下生活，在鄉下過著城市生活。

因著對異性戀的懷疑與排斥，我認識了一些男同與女同，其中E是正點的城市人，她家很早定居台北，父母都是高學歷，有留學背景，她自己也到過國外求學。可是她穿的內衣是萬華買的阿嬤型馬甲，還得訂作，厚絲襪是後車站買的，買菜到晴光市場，吃飯到三井，她一直沒出櫃，母親逼婚不成強要她收養弟弟的小孩為子，死後有人捧斗，母親常淚眼汪汪地對女兒說：「妳沒結婚，我死都無法閉眼。」

她住在城市卻像鄉下人，有些人住鄉下卻有城市人思考。

解構的年代，不僅存在許多看不見的城市，也存在許多看不見的鄉村，他們已沉落到潛意識底，成為一個心象。

鄉僻性與城市性在其中拉扯，張愛玲出身洋務世家，喜歡城市，討厭鄉下，可她也有鄉僻性，只要碰到她媽，就變成鄉巴佬，她是鄉下阿嬤帶大的，想必一口鄉音（應該跟張子靜差不多的口音，糊糊的），她也覺得自己在一切潮流之外，就是邊緣性格作祟：而真正出身鄉下的胡蘭成卻有城市性格，敲頭敲腦的聰明，油嘴滑舌。在官場逢迎，夜店流連，他文中所寫的鄉下種種好，都跟女人與花有關，鄉下女人當然好，可偏偏讓他辜負了。

如果有一天我回鄉下去，不會種菜，也不隱居，就住在出生的小鎮上，四界走，專找好的吃，敝鄉的小吃多又好，根本不用耕田作飯，偶爾到山上走走，如果誰來找我，我跟居禮夫人同樣回問：「居禮夫人是誰？這裡沒有居禮夫人。」

如果選擇其他地方，一定是靠山，我喜歡依山而居，一定要有很多樹，我怕海，光禿禿一無遮掩。

寫到不能寫為止，在寫中自然死去，這想法太浪漫，爸媽最後幾年都是躺在床上，我不希望那樣，我想跟祖父一樣，換好衣服跟大家宣布：「今天我要死了。」然後真的死了，其次，像祖母半夜起來摔一跤，就走了。

最近，死亡常在我的文章中出現，瑪格麗特愛伍德說寫作是「死亡的協商」，書寫與死亡為鄰，作家寫過各式各樣的死亡，他不一定明白真正的死亡是什麼，但不知死，焉知生？

我以為書寫是異己與真我的拔河，我們身上存在著另一個迷失本性的自己，書寫讓你撥開迷霧，看見真實的自己，用這真實的目光看世界，或詩意或失意，但都沒關係，活生生的生命就在那裡。

不用多想，文字就在那裡，像呼吸一般自然，而有自己的走向，跟著文字走，或者讓文字跟著你走。

教書違反我不愛說話的本性，教到四十出頭已教不動，免疫系統作怪，沒有淚液唾液，說話很吃力，講課也不如以前揮灑自如，學生與我的年紀差距越來越大，我發現漸漸教不動他們。

與我年紀相近的四年級作家在東海的有顧肇森、吳鳴、柯翠芬、戴文采、歐銀釧，顧沒見過，較熟的是吳鳴與柯翠芬，吳鳴瘦的樣子想不起來了，因為他很快就變胖，胖約兩個吳鳴大，大家印象中的吳鳴也是胖子，拿過散文首獎的他活躍過幾年，當學者之後就少動筆了。他喜歡聽古典音樂，那時沒mp3，他就戴著耳機到處走，我那時有學生固定供應古典音樂卡式錄音帶，也常買CD，有時想跟他聊音樂，他問；「你聽幾張了？」我說：「約一百張。」他說：「至少要兩百才算基礎。」我只好住嘴翻白眼；柯翠芬是活潑的直腸子兼小迷糊，每天瘋畫漫畫，她大概是第一代動漫族，我們那時也有電動喔，黑黑的一台像電子字典，打俄羅斯方塊，有一次同學捉弄她，她跑進所辦問助教：「我想找聞一多先生！」話傳到我耳朵都是尾聲，這小妮子真逗，有一次她摸著長髮對我說：「我們都留長髮，都一個樣子，那就是俗氣。」她說話常讓人無言以對。

五年級的楊明、宇文正、方秋停，很早就出道，較像朋友，楊明在大學時就是希代力捧的新世代，小說家楊念慈的女兒，溫婉的圓臉女孩（她們那一群好像都臉圓），是否像楊爸爸寫的「白蛇」，或《薄薄酒》中的女主角（名字忘了），他寫的人物個性鮮明，我很喜歡。

她們自成一格，在學運世代中，似乎是尷尬一族，繼承的文學是傳統的，面對的是開放的年代，前後不搭，他們大多很壓抑，有熱情但茫然失措，怕犯錯誤，保守而內向，走的路較辛苦。幾次邀楊明回校當文學獎評審，在台北見過幾次，人越來越瘦，臉還是圓的。宇文正寫得較晚，這幾年風度、應對越來越好，她們雖也稱我老師，很慚愧沒對她們有過幫助，真的好慚愧。寄書來都有讀，但我早已不寫手寫信。

五年級生的父母大約是二三年級，他們經歷戰亂與窮困卻充滿自我犧牲情操，讓孩子享受好的，自己留在苦難的年代，這樣養出來的孩子，聽話孝順，尊重傳統，但他們是解嚴後的跨世代，有其後退的一面，也充滿向前衝的熱情，因此創造出充滿張力又具實驗性的文學，像林燿德、袁哲生、黃國峻、邱妙津……，啊，怎麼這些人不見了？這裡存在著文學傳統的斷裂。

還好八九年級生又在讀他們的書，他們說張愛玲對他們已不是障礙，五年級才是標竿，這算是文學的平衡法則嗎？曾經失去的終會被找回來，只要它真正美好。

四年級的原罪

「我就是要把四年級打下來！」這句耳語不知為何越傳越烈。恐慌與黑暗的情緒又向我襲來。

世代的仇恨從未如此凶猛，四年級到底造了什麼罪孽，讓人如此痛恨？他們的父母未必不傳統，老一點的是生長在民國初年的老古董，跟孩子根本是兩個時代的人，像我爸，民國十七年出生（不算老），受完整的日本教育，滿腦子武士精神，連看《台北人》都是日文版，還是我強迫他看的，他只看NHK，日文書籍，寫信都是毛筆字，這樣的父母子女早就放棄溝通，還好留學熱潮捲走他們的孩子，連吵架的機會都沒有，沒留學的也紛紛北上求學找工作，還是赴京科考的老觀念。

四年級完整地生長在戒嚴與威權體制下，奇怪的最懂得如何獲得權力，他們都有漂亮的學歷，拿過一些獎、有一群愛護他們的長輩，一大堆捧著他們的朋友，很早就坐大位，開跑車，過雅痞生活，而且大位一坐數十年不下來，的確讓人討厭。

主要是資源過於集中在少數人手上，到五年級已覺得辛苦，怎麼都是單打獨鬥，一個過得比一個慘啊。

戰後第二代的四年級，既沒經過戰亂，連文學論戰也沒打過，只能說是後論戰世代，而非後現代，小時候可能物質較缺乏，長大恰逢經濟起飛，像坐直升機般飛上天，又是豪宅，又是名牌，出國像逛夜市，資源真的都被他們用光了嗎？

我的作家朋友從三年級到七年級都有，三年級猶有古風，溫良恭儉讓，連背後說人都是好話：四年級則各式各樣都有，有隱居在山林的，開私塾班的，有大編輯，小公務員，有默默無名的，有文化局長，更多的在學院，其他不熟；五年級作家，現在文壇正以他們為中堅，他們寫作特別早，成名也早，但是一路苦練（苦戀）過來，對寫作具有敬業精神，對前輩與傳統也很尊重；六年級作家，較憤世嫉俗，偏偏對金錢與包裝很有概念，他們已經很少讀經典作品，各哈各的；七年級愛美愛吃，好勝好鬥，是拿獎高手。

到底是哪一世代的人對四年級最為仇視，想都想得出來。把別人打下來，自己就坐得上去嗎？真坐上去，坐得穩嗎？如果已經坐大位的人說這種話更不妥。

文學已經從花園變成盆栽，已經夠受到排擠限縮，還自己人打自己人，好比賈府已是空殼子，雖是百足之蟲，也非要自家子打打殺殺才滅得了。

每個時代都有少數好過的人，大多數不好過的人，團結力量大，不就是鄉民理念。

四年級編過幾本好刊物，《文訊》、《聯文》、《印刻》、《當代》、《文學界》……，他們從文學雜誌興茂的年代走過來，記錄了那個年代的文學風華，它們有滿肚子的故事並知道文學典範是什麼？好好地說出來，將斷裂的縫補起來，這也是應當的回饋。

再者，不要老談那些個出一本書，得到三個老公，一個工作的話了，不，說反了，是一個老公，三個工作。（說這話沒惡意，只是自我提醒）

時代已經不一樣了，火燒到屁股還要喊以前多涼快嗎？

年紀正當熟年的四年級，不要那麼快喊早退，學學李喬退休後寫出《寒夜三部曲》，陳映真快七十還寫《忠孝公園》，李渝也新作不斷，或者掀起一場文學革命吧！四年級生學生廣眾，影響力大，卻無戰鬥力，生活太安逸之故。

如今的氣氛很像解嚴前後的八〇年代，價值崩毀，倫理失序，學生與鄉民又集結到街道上，他們吶喊的不是政治人物，而是陳映真與雨果那樣的人物，他們對政治人物已經失望，需要的是文化英雄與心靈導師。

他們要的文學要關懷社會與人權，文字不多修飾，技巧不那麼重要，一個個要求寫實的聲音，你聽到了嗎。

Do you hear the people sing?
Singing a song of angry men?
It is the music of a people
Who will not be slaves again!
When the beating of your heart
Echoes the beating of the drums
There is a life about to start

誰願意出來，誰有資格出來，誰？誰？誰？

文青又回頭讀俄國小說與波赫士（害我全集不全），我有個學生因抗議時打扮成孝女白琴，讓電影記者掉到水溝裡，一時引人注目，他八年級，文學系學生卻常坐到街道上，讀很多小說與詩，寫一點小說，卻不愛上課，十分叛逆，他代表著新一代的某種典型，他不會聽命於任何人，只聽命於文學。

因此我對文學的未來不悲觀，文學常在悲觀中開出新的花朵。

我也要贖自己的罪，曾經答應過的為受刑人義務演講，及開徒弟班，效法我的老師，能教多老就多老，寫到死在桌上最好，我教不動就要我的學生們教，教室在太母山下，東港溪畔。

體制內的大學會逐漸泡沫化，體制外的教學或自學將逐漸取代，或兼容並包，學園嘛，春秋與希臘時代就有，沒有圍牆，沒有校規，愛來就來，愛去就去。

孔子弟子有七十二賢人，我覺得卑微地不知如何說，教書三十年，掐指算算頂多十來個可以期待的（有些實不敢稱師），賢不賢還有待時間考驗，一個人總要教出一賢人吧。

我們不要跟日本，歐美比，就說拉丁美洲吧，他們的文學爆炸大家大多是二三年級，後爆炸時期的作家大多數出生在一九四〇、一九五〇、一九六〇年代，許多作家在文學爆炸末期就已很活躍了，這跟鄉土文學論戰中的大將，後來都成為後鄉土中堅作家很像，如陳映真、王拓、葉石濤、宋澤萊……。拉美的何塞・多諾索同時參與了前後兩場文學運動，他的小說《淫穢的夜鳥》（一九七〇），被視作「文學爆炸的經典作品之一」。爆炸時期的主要作家富恩特斯、賈西亞・馬奎斯和巴爾加斯・略薩在爆炸時期結束後還延續寫作。但後爆炸時期的文學與爆炸時期最大的不同，是前者以男性大師為主，後者則有女性作家（伊莎貝爾・阿連德、路易莎・巴倫蘇埃拉和艾琳娜・波尼亞托沃斯卡）的出線，我們在後鄉土論戰之後也出了幾個重要女作家。再者，更重要的是後爆炸時期的作家反對爆炸時期過於鮮明的精英主義，產生一種更樸實更易懂的風格並回歸寫實主義。

什麼是精英主義，大家應該懂，它的對面即是大眾主義，三四年級作家沒那麼精英，也不鄙棄大眾，只是太嚴肅了。

寫實主義著重的是歷史與典型人物，我不完全喜歡張三順、李大娘與一塊田一間破房的故事，但寫實主義確實不應該完全放棄。

晚年的米蘭昆德拉提到幽默感，他要的幽默感是拉伯雷似地，連工人也會發笑的故事，這就是要讓大眾的笑與精英的笑沒有兩樣，現代人喜歡笑，好笑的固然笑，不好笑的也笑，看影片要能發笑，連歌曲也要能笑，重點是他們需要笑來化解高壓，這是大家都能理解的。

奇怪的是米蘭昆德拉提到歷史，他不是要終結歷史，盡其所能地展現新意，他提的歷史到底是什麼啊：

偉大的作品只能誕生於他們所屬藝術的歷史中，同時參與這個歷史。只有在歷史中，人們才能抓得住什麼是新的，什麼是重複的，什麼是發明，什麼是模仿。換言之，只有在歷史中，一部作品才能作為人們得以甄別珍重的價值而存在。對於藝術來說，我認為沒有比墜落在它的歷史之外更可怕的了，因為它必定是墜落在再也發現不了美學價值的混沌之中。

米蘭昆德拉所講的歷史是新歷史觀，在早期他也是歐洲白人中心的歷史主義者，他流放之後，注意到東方與中東，這些過去西方認為是世界邊緣的地方，他提到魯西迪的《魔鬼詩篇》及波奈爾等小說，是「小說的熱帶化處理」，也可說是「一種放縱的文化」的表現，也就是說我們要尊重自己所處的歷史與文化特色，以及最切身的處境。這讓我想到南方，那塊熱帶的土地。

回想八〇年代，哦，令人懷念的爆炸年代，那時沒有文青這個標籤，但文學人多愛馬奎斯、卡爾維諾、聶魯達……，搞運動的愛馬庫色、傅科、羅蘭巴特……，搞劇場的愛葛羅托斯基、亞陶，彼時經濟大好，看書人口數百萬、文學出版有四大、五小，林燿德、黃凡、張大春正要出鋒頭，李昂、廖輝英、蕭颯多風光，文學多元百花齊放，但在彼時人有更多不滿，大多集中在威權體制的壓迫與壓抑，八〇年代的文學是一個小高峰，之後慢慢降下來，不，應該說很快，只是大家緊緊抓住那美好的，殊不知凡美好的最短暫。

在這世紀初基化的年代，陽剛的大書寫已不流行，男同的聲音拔高，女性與拉子的聲音相對弱小，異男還在調整聲腔，我覺得很man的四年級男性還是要出來，四年級女性作家許多已停筆，太早了，他們是不是也被暗夜的「惡聲」嚇壞了？

到底誰要怕誰？

我們一起走走看

五年級末六年級初，東海來了一群漂亮人物，五才子、四美女、兩怪咖。李皇誼、陳慶元、甘耀明、李崇建、徐國能，皇誼當時成績好人又帥，最出鋒頭，詩也寫得不錯；慶元少年老成，當時就大叔的樣子，又愛穿唐裝，得過兩大報首獎；甘耀明、李崇建對中文課程沒興趣，甘後來去劇場，李到森林小學，比較中規中矩的是徐國能，他長得像高幹，懂得享受生活，嘴很健（賤），一人一個樣，整個校園都活了，還有李佩玲、李癸雲、楊馥玲、黃淑真，一個比一個美，美到助教說不敢看她們的臉；至於那兩怪咖，作用大矣，寫作者都是個體戶，需要一個靈魂人物把他們圈起來，吳國榮是印刷廠工人，跑來旁聽中文系課程，我的課都需編刊物與正式演出。國榮聽完四年課，捨不得離開，於是就有《距離》刊物的產生，編印一手包辦，撐了十幾年，他不拿學位，只支持文學，不怪嗎？另一怪是莫仁，當他還是理工科的學生時，跑來上我的戲劇課，演出日本改編的劇本，演至一半，和風拉門掉下來。國榮與馥玲演出姚一葦《我們一起走走看》，國榮演警察、馥玲當女主角，台風都不錯。

從小說開到戲劇課，電影課，一起跟學生作，一起寫，不分上下，寫作非高高在上，而是要能吃苦，不當文學貴族，要當文學工人。

莫仁後來寫歷史科幻小說，一刷常有幾萬十萬，一天在電腦前十幾個鐘頭，搞得又宅又胖，香港有黃易，台灣有莫仁，有幾年我住逢甲附近，吃飯時常遇到他，他也住西屯，還送我他的書，一套十幾本，說真的一本都看不完。

那是九〇年代初期，文學已然丕變，學生喜歡的跟我喜歡的已有分歧，所謂動漫世代、敲打世代來臨了。

六年級是夾心餅乾，台灣的經濟已慢慢下降，所謂的才子佳人家境都沒有太好，有些還是問題家庭，單親、遺傳性的瘋狂，其中國能、癸雲可能是較好的，他們很年輕就得獎，博士班畢業就當教授，馥玲喜歡舞台，後來成為歌仔戲的研究學者，有一段時間，在當她老師之後才讀到我的作品，那段時間常聯絡，她開始寫散文，並在副刊發表作品，我曾期待過她，畢竟是從生命中細細流瀉的好文字，後來因種種原因中止。

馥玲是較傳統的偏鄉女子，如果她再前衛一點，是有當藝術家的本錢。要寫並不難，持續才是問題。

有些六年級，不講輩分，不愛傳統，他們知道他們會比五年級更孤單，故而結集成軍打團體戰，開始到處拿獎的也是他們，拿獎在這時開始變質。主要是獎項越來越多，又無甚分別，獎金動輒一二十萬，簡直是誘人犯罪，於是分身好幾個參賽有之，用女友的名字參賽有之，七八篇稿投來投去，總會中幾個，中幾個就有幾十萬，因此對外宣稱月入六、七萬。

有些因為開才藝班，需要拿幾個獎來作宣傳，我可以體會他們的辛苦，資源已被用得差不多了，只有走偏鋒，他們的精神領袖是袁哲生，你也可以說他有鄉僻性和邊緣性格，縱然穿著名牌衣，坐在一堆時尚人士中，還是自己捲菸抽，省啊！無論擁有什麼還是覺得自己窮，他也可說是被窮逼死的。這就是六年級面對的現實，他們需要獎金補貼生活，文學桂冠在其次，主要是能靠寫作維生，還要過得不錯。

他們因此更不精英主義，更知道大眾文化的力量。

文學獎的獎金本是榮耀，無奈變成救濟。另外的一種是喜歡畫畫的、跳舞的、玩樂團的越來越多，流行文化本是五年級對抗的否定美學對象，如今變成另一種偽「出神」狀態，為什麼不說準出神呢？因為它跟文學作品的出神狀況不一樣，它是一瞬間短暫的出神，因此無法記憶。誰能記住搖滾樂的歌詞？重複與反覆是它的特性。就像米蘭昆德拉所說的他們生活在「統一化的自我中心主義」中，人們再無犯罪感，對他們來說衝動的自由最爽。

這說明他們為什麼寫作無法專注，只在意外圍的事物，那能甘於寂寞且專注也有幾個，通常能寫出他們的時代，創造新語言。

有病障的學生越來越多，有個學生得小腦萎縮症，靠意志力克服病情，他讀很多也寫很多，寫作可能是他最正常的時刻，他賣玉石，據說是法王轉世，我們的對話有時很瘋狂，他最近反覆談我的死：

「你最近的病情不好，身體裡長一個瘤。」

「那會馬上就死嗎？總要讓我有時間準備。」

「不會，只要你想活就會活。」

「我造這麼多口業，死後會下地獄吧？」

「因為你愛美，對人世還有留戀，會停留在美麗的仙界。」

我不避諱談死，可能是他害的，有這麼好的死，怎會害怕呢？要不就說他的預言：

「我預知，將有人抄襲我，事情會鬧很大。到時你也會被牽連，只要記住我今天說的話。」

「誰會抄襲你？」

「╳╳。」天啦，他可是大名人。

還記得初識他時，他常在繽紛版或萬象版寫幽默雜文，有的還被《講義》雜誌轉載，我的書單開下來後，他自己延伸閱讀許多書，下課緊跟著我問問題，從文理大道一路講到路思義教堂的停車場，我的車就停在垃圾桶旁，我們就站在那裡一直講，天啦！他話一說常沒完沒了，上台報告一個人可以講整整一堂，常是我頻頻示意才中止。從那之後，他寫散文與小說，越寫越好，之後到處參賽常拿首獎。

人在參賽得意時會有個高原期，寫的東西閃閃發亮，因為他已經知道評審喜歡什麼樣的作品，什麼樣的作品能夠得獎，我也常在評審過程中驚歎於這樣的作品，但它存在著弔詭，這個六年級生對這種狀況特別有自覺，他說好像熱戀時出口成詩，且越用越出，靈感女神確實短暫來臨，但那不是常態，也不是真正的寫作，有點像賭博，或簽樂透，你用靈感贏了幾次，但只要失靈，就會嘗到敗績。

在風光得獎幾年後，一連幾年的作品有些連入圍也沒有，有幾次評到他的作品，慘不忍睹，有幾篇還寫出我的名字，我心中黯然把它淘汰，知道他的舊疾可能復發，擔心他這次無法再爬起來。

幾年後，他來到我的課堂，敘述那段痛苦的寫作歷程，越病越想寫，越寫越出格，他又用意志力克服病情，新寫的小說很放鬆，淡淡的筆調描寫一件日常小事，文字與氣韻更綿長。一般人剛開始寫文章，都會把焦點放在文字與情節上，華麗且密度高的文字的確會勾人，但是這種文章讀久容易疲累，這是寫作過度用力，其實只要放五分力，讓文字自然運行，如果你夠專注，那麼新又好的字是自己跳出來，它是從你較大的字庫裡自動選字，其差別在於陳腐與新穎，自動跳出來的字是你從未看過，經過重組再重組的新句法新文字，它有節奏有韻律，唸起來十分悅耳。

一篇文章有幾段這樣的文字足矣，如果通篇都是必是傑作，文字如有神，氣韻生動，這是當你放開自己，放開文字的堆疊，在自然而樸素的書寫中，你會找到更多更多。

六年級中段生來時，我剛要邁入另一階段的寫作，身體還沒出狀況，有較多創作的精力與體悟可跟學生分享，之前還在摸索中，那時習作課開出的書單動輒十本二十本，當年的學生還算乖，大多會找齊，勉強讀完，慢慢的，我變成中文系的「魔鬼老師」，「不要修她的課，功課多壓力大，很可怕，嚇死人，除非你想當作家」。

因為是基礎課程，從剛開始懷抱著播種的心理，不一定要會寫，但一定要會讀：只要當小說迷，不一定當小說家，我從來沒抱著找天才學生，教出會寫的人心理，但因為學生的素質改變，課程也產生變化。

可愛又可畏的七年級

七年級初上來時，大家都睜大眼睛期待，當時的一年級新生看來好可愛，其中有一個初入學就得金馬獎最佳女配角獎，上課時電視攝影機包圍教室，這新世代一上台就是一串響炮，那個女生有一個小圈圈圍繞著她，其中有個貝勒爺（有錢的打工王子）寫網路小說，另有幾個宅神，都是電腦高度使用者。他們共同喜愛的網路作家「菜刀」才正要紅火，偏偏那年的小說課我開出來的小說以後設與實驗小說為主，他們當場就跟我嗆聲，我選的小說他們讀不懂也不喜歡。

那時還有個自閉症學生，他常在課堂中打斷老師說話，要不對同學作出攻擊動作，有時作體操隨處遊走，漸漸的，大家上課的情緒很差，蹺課的人越來越多，沒蹺課的也趴在桌上睡覺。

那大約是我教書生涯中最悲慘的幾年，因我是他們班的導師，首度出現大量二一名單的也是這屆。

初入學時，他們都信心滿滿的說要寫作，讀至一半，二一的有之，有一個差點退學，逃避遠離我的有之，延畢的也不少，只有一個在五年級時來到創作課，寫出還不錯的作品，但跟富閔包子那屆比，相差很遠。

處女作的黃金時期是十七到二十二，過了這幾年還沒開始寫，會寫的機率不大，很多人都說等到老時要寫一部偉大小說，如果之前都沒在寫，會突然生出一部長達數十萬的鉅作嗎？

傑作都是不能等，靈感來的時候天塌下來也要寫，在這之前會有一段探索期，有些人時間較短，一兩年就上手，像我這種要花十多年以上才能寫出像樣的東西，是中等慢的，有的人探索一生還在初階，寫作絕無憑空得來的僥倖。

那個自閉症學生倒是成績中等，考上研究所，人變了一個樣。

他們是被寵壞的一代，追求衝動自由的一代，並視老師為無物，我感受他們的敵意，難道代溝已經發生了嗎？

這時是我寫作最大量的階段，早上寫三四個小時，分三個時段，腦袋最清醒時寫小說，然後是專欄，最後是論文，寫論文雖也有快感，但過程很辛苦。

寫作速度變快，以前三年出一本，現在一年一至兩本，偏偏身體已變壞，只好把大多數的時間挪給寫作與閱讀，少數時間給學生與上課，課後的互動頂多導聚，系上與系外的聚餐與活動幾乎不參加。

有人認為我孤僻不好相處，實在是不得已，平生最怕飯局，我只喜歡跟親近的人吃飯，吃飯是何等快樂且隱私的事，幾百年才修來同桌吃飯，所以不隨便跟人吃飯。

大概到七年四班出來，才漸有改變，這時有個可愛的T，個子小小的，很會搭配衣服，也很講究吃，又是導生，常滿腹心事地來找我，說有許多話要跟我說，結果通常是大吃一頓，話都忘記說。她三年級之前忙著找女朋友，四年級才發憤讀書兼寫作，寫得不多，考上研究所後陸續得大小文學獎，現在近三十了還在參賽，如果她提早一兩年開始，早就跑在富閔他們前面。

富閔那一屆是七年六班，那一屆特別奇怪，人才濟濟，特別乖巧與用功，連看書都在接力比賽，還寫寫作札記。

那時電腦書寫雖普遍，我還是要他們寫札記，一人一本，各憑良心寫多少算多少，要讀要寫又要上台報告，被我操到快爆肝，背後都說我是「魔鬼」，日後出去讀頂尖研究所操更凶，相比之下，我又變成「天使」。

會寫就會讀，會寫就會說，這三者環環相扣，缺一不可，因為寫帶動思考，跟說話一樣，人一旦開始上台講話，才知道什麼是邏輯，有邏輯就有思想組織能力，如此口條清楚，前後呼應，這跟寫作是差不多的。以前古希臘訓練哲學家，從說話與修辭開始，連吵架都針鋒相對，我因開竅晚，吃了很多不會說話的虧，從教書以來，一直抓緊學生的語言表達，跟文字表達相輔相成，效果更加倍。

一般的習作課，大多側重閱讀，一點點習作，上課內容與寫作無關，這樣只會教出很會唸書的學生，我理想中的創作課，是從上課的第一堂寫到最後一堂，沒什麼理論與文學發展要講，直接講評文章，課剛開始時講幾篇文章或自己的新作，然後就放他們的作品，接著互評，這有點PK的性質，剛開始大家都不敢講，因為班小彼此很快熟識，熟了之後大家只求講真話，講得越來越細膩，剛寫完的作品馬上發表（螢幕就是發表園地），寫作者的互評跟一般人的互評或專家的評不一樣，有相互學習，相互找缺點的作用，當互評成為習慣之後，對作品能立即反應，精確反應，是會有成就感的，無形之中說話越來越順暢與有料，有些人講得比我好。說話是最能讓學生快速成長的，因為我們以前太不注重了。你看小學生只要上台演講就有大人樣，更何況是大學生，人會說話就有大家氣度。

七年級無疑是解嚴後最幸運的一代，父母約在四、五年級，在台灣經濟正好的環境長大，小時候學多種才藝，有些出過國，愛玩愛吃愛打扮，一個個是潮男潮女，他們的優點是自信，輸了也不怕，給他們越大的挑戰，彈跳得越高，是很耐操的一群，他們很多是隔代教養，或安親班小孩，對父母也許沒那麼依戀，但都有極疼他們的阿嬤，阿嬤養出來的孩子貼心又孝順：也有那家暴與單親家庭，個性內向退縮，但都很獨立，朋友一大堆。他們的成就欲望高，因他們從小是追星一族，內心還有粉絲心理，他們在國高中讀過我的散文，所以還唬得住他們。

七年一班的包子比較像五年級，七年七班的林牧民先是像六年級，後來跟包子學，文字簡直一個模子出來，牧民一年級時滿身名牌，頭髮抹油，穿花襯衫長馬靴有如麻豆，對時尚無一不精，跟包子在一起之後，穿破衫剪平頭，還滿頭白髮，我看了好心酸，因著某種狂熱，他們幾乎把文學當宗教。他叫包子

「馬麻」或「老師」。

這其中紅利話最多，但講的話大都沒營養，阿民很會寫，大一時報告都不上台，之後居然可以到處演講，亞妮與徹俐都是會作報告的，莫澄則像孤魂野鬼般飄來飄去，很久丟給你一篇文章，是自我學習的邊緣性格人物，莉敏更疏離，她還是我論文指導生，卻從未主動找我，理由是怕我催她寫文章，這太高估我了，文章是能催出來的嗎？寫得少寫得太慢就只能是業餘或興趣，這點自覺創作者應該有；包子則是一直躲著我（他躲任何一個老師），躲到不能躲，最後一年才到創作課，他的邊緣性格更嚴重，但他寫得又快又多，根本不用擔心。

本來只是想當種子老師，會走向精英教學，不得不已，因為學生很兩極化，喜歡純文學跟不喜歡純文學的，如水火般不相容。

散文、詩、小說是基礎課，可以散播種子，高年級的創作與出版，創作實務是進階課，小班制，這是自然形成的，主要是喜歡純文學與創作的越來越少。

星光大道通向哪

大約從七年級中段班開始，出現一些玩團、玩樂器，會唱會寫歌的學生，有的還上過「星光大道」當過ＰＫ大魔王，是的，他們愛ＰＫ，是ＰＫ世代，但玩音樂比寫作更難出頭，上網去看那些免費下載的音樂網站吧！隨便點一個都很專業，不輸有些新人，可是他們多如繁星哪，機會卻少得可憐。

我兒子也是七年級中後段班的流行音樂掛，得過獎，單曲也在那星河之中，但他奮鬥好幾年，只賣出一首曲子。美其名是音樂工作者，其實跟街頭藝人差不多。

我的學生也有在路邊唱歌的，他們的條件都不錯，為什麼就不紅呢？

這時很多人崇拜周杰倫、方文山，常常在聽演唱會或自己上台唱，連課都不上，我要說，如果只會填詞不會作曲，只會唱歌沒其他才藝，還是只當興趣就好，誰年輕時不愛彈彈唱唱呢？過了三十還沒紅，差不多該轉行了。

只會填詞不會作曲的最慘，文章都像是歌詞，還有方文山、林夕的味道，真正厲害的歌詞作者，不一定會作曲，但對作曲創作熟悉，音樂底子還是要的，如果有文學底子更好。

許多作家作詞者，都是把文章寫好，才去填詞，寫出來的詞句特別有意境，不會一再重複。

直接從歌詞下手，那是另一種文字的套式，沒有創意可言，如何能追求新境呢？或者會作曲更好，作曲的門檻高，至少要會一種樂器，競爭性提高；如果能編曲更好，編曲的收入不輸作曲或填詞，也沒有紅不紅的問題，可以作幕後，不靠臉蛋或嗓子吃飯，走得久一點。

音樂也是創作的領域，要作就要會整套，寫作要成家，也是要學整套，沒有捷徑可走，不是聽幾場演講就能成事。

走音樂，最難的該是樂器演奏，有個學生大學時對BASS入迷，天天拉，練到手指流血，他還給樂器取名字，抱著她睡覺，到處演奏，不過都是一大團，什麼時候可以獨奏呢？或者成為BASS大家？

我想起學音樂的表弟妹，在美國都是音樂學院出身的小提琴手，但三十歲之前都轉行了，這條路實在太難了。

另一個朋友是費城交響樂團的鋼琴手，算是厲害了，可離郎朗還是差很多，人外有人，天外有天，現代音樂畢竟是西方傳來的，他們的音樂天才更多，我們要走這條路真的難如登天。

真要學，聲樂好像比較有出路，現代孩子整天聽歌，更懂審音，什麼氣音轉音假音講得頭頭是道，嗓子也不錯，隨便抓幾個歌藝都接近線上歌手，好可怕的唱歌人，為什麼不乾脆學聲樂？未來歌舞劇或音樂劇都需要大量的聲樂家，漢人尤其是原住民吊嗓子不輸人，聲樂門檻高一點，但要學就學難的。

有個學妹原來讀歷史系，大學就去音樂系修聲樂課，後來進茱莉亞學院進修，成為聲樂家，除了參加音樂劇表演，自己還開音樂補習班，聽說口袋麥克麥克，也算小成功的例子。

八年級靜悄悄地進入大學校園，那時台灣的經濟快速下滑，家庭經濟困難的很多，學貸的更多，打工幾乎人人有，他們是被前人拖垮的一代，有學習障礙與情緒障礙的很多，他們吃電腦長大，什麼都在網路解決，不加他們臉書與好友，根本無法交談，先要在臉書混熟，才會在實境中對話，因此他們超慢熟，超難掌控，他們的外務比老師多，要逼他們寫作只有上課，被動、衝動、髒話多，連女生講話都很粗，還有愛在小節計較，錢算得一塊都不差。

有人住宿舍時，水果被偷吃，大半個宿舍鄉民集體緝凶，然後孤立她（到底是不是也不知道），怪咖是越來越多，自閉症寫情色ＢＬ，螃蟹文沒有一句看得懂「什麼海邊花下男孩狂瀉不已」：大男生專門收集可愛卡通用品；課堂上當面嗆老師；背後罵老師是坐領高薪的廢材，一句比一句難聽。

好的當然有，但無法專注在寫作上，久久寫一篇，一篇用幾年；有的老是托病不來上課，集體且大量缺課，有的班四五十人到課的只有四五人。在八年級身上我放最多心，他們大多還有「中二」心理，喜歡類型與動漫（幾乎全軍覆沒），這樣的學生怎麼教啊？

有個寫詩的女生江江大三才來修一年級散文課，長得很有個性，交的第一篇散文令人驚豔，她是多才多藝的女孩，看來比同學成熟許多，上課認真，對老師也禮貌到敬畏，沒想到她也是「一篇作者」（久久一篇好），她的詩風還不成形，文字又長又亂，小說、散文、詩三管齊下，結果無一樣突出，弄得她對自己快失去信心，我很遺憾沒和她能熟到可以無話不談，她大概是最難熟的那一種，她討厭透明，所以從不表露自己的心意。

大四她是詩社社長，我是指導老師，越來越多人愛寫詩（唯一不受網路影響的文類），我讓他們自己玩，這時來了一個社會系男生四鬼，國中就寫詩，大二想到中文系修輔系，大二我休假，大三才教到他，會熟起來也是奇怪，他是個內向的知識宅，想到什麼就Google，不太跟人交談。大四上他想推甄創研所，我要他編作品集，他沒概念，幾乎是我一路指引，都是靠臉書溝通，推上後，他說他有一盒日本餅乾想請我吃（還是懂得人情味啊）。

我們約在丹堤咖啡，我請喝咖啡，他請吃餅乾，但見他寶貝兮兮地拿出一個有米奇圖樣的圓形餅乾盒，打開都是米奇造型的餅乾，我內心在大笑，為了掩飾笑意一直說：

「好可愛哦！好好吃哦！」其實我不愛吃餅乾。

「我姊買的。」

「這盒子很可愛，送我吧！」他真的好怪咖，我故意逗他。

「我姊買的。」

「餅乾都吃完了，留著盒子幹嘛？」

「我姊買的。」

態度很強硬，連一個鐵盒都討不到，後來才知道，他有嚴重的自戀人格，對他人無感，問他誰怎樣他都說不熟，我問：「那你媽呢？」他回：「我跟她不熟。」這個不熟男，左一句智障、右一句智障，聽得我有聽障。他們是比我兒子小的八年級，難纏的小子。

可這不熟男詩寫得不壞，講起詩來，幾個鐘頭都不累，都是他在講，像上課一樣。如今我每到丹堤，他常會出現，長篇大論發表他的演說，通常我不插嘴，怕被他罵「智障」。

希望有一天我們變得有點熟，那太難了。

另有一個高材生胖胖，每到考試就當小老師，通過視訊免費幫同學補習功課（怪不得都不來上課），他是好好先生，有不錯的品味，愛玩桌遊，喜歡華麗精美的東西，寫作業非常用心，別人寫一千，他寫五千，文字也是華麗精美。

他從一年寫一篇，到兩三篇，到三百行的長詩時，他拿到散文首獎。

但他怕跟老師講話，講也是標準答案，又有一堆豬朋狗友，要打進他的圈子太難了。

以前是學生主動親近我，這時我只有主動找他們，每週課後，一起吃飯，我固定請喝飲料，每週寫得最好的有GODIVA巧克力一包，這都是以前沒有的。

我知道他們能寫，但需要逼，他們對不熟的人沒感覺，對自己以外的事物沒興趣。

當我提出要演出詩劇時，馬上有人說「我不會參加！」，有的則在吃飯時說演戲好尷尬，但藥方開出來，不能不吃下。他們的心靈與身體皆僵硬，像包著厚殼的鋼鐵人或蝙蝠俠，遺世獨立，無法自由開展，劇場是重溝通及開放身心的藝術，能碰觸到未開發的部位，再者作實驗劇場的大多思想前衛，會跟中文系的保守性相抗衡，因此從阿民那屆就安排在課程中，重點不是成果表演，而是開放的過程。他們是最抗拒的一屆，臨到表演前一週還是許多人沒排，有人到彩排時才出現。

還好江江與四鬼比他們高一屆，都作過詩劇場，很快地他們交出自己的長詩，並開始排戲，這給學弟妹許多壓力，不久，胖胖的長詩出來的，以〈九歌〉為題材作實驗性改寫，長達三百多行，而且還不錯，另一組是由三人合寫的組詩，由牧民導演，共四組戲，原先說好各十五分鐘，共一個鐘頭，結果演出時長達兩個小時。

最後幾天都在趕戲，我也豁下去幫忙，學打鼓的、舞獅的、跳舞的，簡直是雜耍團，我提粽子、飲料來加油，他們很辛苦，我已習慣辛苦，他們不習慣。

我無法形容演出那夜的感覺，因戲沒排好，宣傳作得很低調，又碰上端午節放假，再加上梅雨大作，晚上學校如空城，我們在外文系小劇場正式公演，開演時只有自己人，過不久富閔、徹俐、馨潔特地來加油，富閔還請大家喝飲料，戲開演後，陸續進來十來個人，一百多個座位顯得好空曠。

幾乎沒什麼大失漏，除了節奏稍快，整天兩次的彩排讓表演更順暢，他們已經把自己逼到極限，有人說過戲劇是死亡的藝術，意思是說戲劇的結尾通常是死亡，對於參與其中的人好像也跟死亡搏鬥跟死了一次差不多，但在此極限下常會逼出潛能，他們確實表現出他們自己也不知的那面，有些地方還到專業的水準，不是非常好，但絕對是創意與實驗的演出，充滿詩意。

文學作品的發表有時過於靜態，像盆栽一樣，等待懂的人欣賞，在各文類中詩與劇場最接近，唐詩宋詞都能唱能舞，元明戲曲就是詩劇了。詩最令人起雞皮疙瘩的是朗誦「啊！我的祖國！我的母親！」現代劇場最能打動我的是皮娜鮑許的舞蹈劇場，香港的「進念・二十面體」及周書豪的部分演出，雲門的《九歌》就充滿詩意，進念常不費一字，而充滿隱喻及意象，這都是我覺得文學性很強的表演。

那天晚上他們演出自己寫成的詩，沒有台詞只有穿插的詩句，動作皆經過設計，克難的道具與服裝，很符合貧窮劇場的精神，以肉身相搏，此外無餘物。我在下面看他們忘我地演出非常感動，演完後學長姊的感言也是激動，之後是編導演講話，有人說：「三學分的課修成九學分。」確實我的課占用許多課外時間，但以前的學生不但不抱怨，還更拚命，大概感言的時間太長，下面傳來一句咆哮：「我們還有其他課要準備考試，該結束了吧！」

這句話一直到現在還在耳邊纏繞，如果有一天提早離開東海，可能就是為這句話。

我不怪那個學生，那句話打醒我，老師與學生之間也是一場戲，三十年的大戲，為什麼我明明知道卻不願醒呢？因為我一直停留在三十年前的那個討人喜愛的小講師，因著某種傷害的黑洞，不斷依賴著這種關係取暖，不想改變，而他們已經變了，變得無情冷漠，而且會越來越無情冷漠。

老師對學生越好，學生越背逆，就像當年我也曾背逆老師。天地君親師，現在應改為天地黨親師，黨可以是政黨或童黨，總是師排最後，因為親情不及，友情未滿，至高至明日月，至親至疏師生。

八年級生於匱乏，長於匱乏，因為從未滿足過，所以不懂得付出，有一天五、六、七、八年級出了社會，會被體制磨得分辨不出，幾年級已不重要，但願他們不要吃太多苦頭。我曾經因擁有學生的愛而感到幸福，但現在是我該下舞台的時候了。

餘音

戲演完了，演戲的人還捨不得離開，他們的感情變得更好，江江剛拿了詩首獎，就要畢業離校，臨別演出，沒來得及參加慶功宴，聽說坐統聯一路哭回台北，四鬼與胖胖的詩都得獎了，牧民小說得首獎，慶功宴他們各拿出一部分獎金請客，我覺得得獎者安慰沒得獎的人，而且懂得付出，會得到更多，這才是大氣。

二十幾個人擠在我的宿舍，包子、亞妮、馨潔、徹俐也來了，我應該高興，確實應該高興，大家圍著桌子吃麻辣鍋與烤鴨，冬天的大菜在夏天吃，熱死人，只有餐廳有冷氣，擠不下的人都在客廳玩桌遊，那是蒸熱的六月，我的心有一角在冷卻「該結束了吧！」

離退休只剩七年，我的家人都有早退的傾向，父親在剛升上主管時退休，兩個妹妹五十出頭就早退，青妹在美國的同事，在她的退休派對上哭了，她作得非常好，為什麼要退呢？她說見好就收。

像我這樣的工作狂太不懂得收了，因此三十年的創作課換來一句「該結束了吧！」，我太把文學當回事了，文學跟人生相比算得了什麼？

如果還有餘生，不會再把心放在學生身上，教書是傷心的事業，現在我的眼光將漸漸轉移到更有意義的事情，我不知那會是什麼事？

「老師，我在你命盤中看到，你會離開學校，開個什麼店，因玩石頭傷肺，大約還有十來年壽命。」那個未認證的法王又來預報未來。

「還要活那麼久，今年死也不錯。」寫作者常在寫作中與死神交手，我夜夜在睡前觀想死亡，停止呼吸，還有想及祖父母、母親、弟弟的死。

「你放心，我會照顧你兒子，我們有一天會在電視大紅……」

那時還有人看電視嗎？我們的對話越來越像講古。

如果還有餘生，我還是會寫到不能寫為止，學生嗎？可有可無，最好的大概經過了，不可能再有了。

離鄉讀書算來已有四十多年，我曾經厭惡那個四季酷熱的地方，我喜歡冬天，北國的冰雪卻讓人憂鬱，或許隱居到太母山上，那裡有一大片的森林，午後的暴雨帶來陰涼的濕氣，早晚皆有霧，蛇是他們的聖神與圖騰，看到牠們就鞠躬，兩兩無事。

這是一個有關創作課的故事，一個創作老師的告白，現在我要拿掉老師，只剩創作者。

卷二 寫作實務

散文為一切文體的基礎，是文類之母，先寫好散文再求其他。要把散文寫好，過去寫過的文章先要歸零，那些破碎的句子、歌詞、作文，那些四個字四個字的成語，還有某大師說孔子孟子曰，統統歸零。

創作入門

寫這本書原來是要告別，所以我下面講的盡量精簡，盡量淺白，因為希望連小學生都看懂，視之為創作入門即可。

所謂大匠示人以規矩，不示人以巧，技巧可以不斷翻新，行有行規，我說的大多是入門行規，入門需有人帶，修行就在個人了。

先從閱讀講起吧！一般人都是自己亂讀，或者由父母指導，父母出錢買書大約只到小學階段，之後有的靠口碑，有的看排行榜，有的是借閱，有什麼看什麼。

閱讀是件重要的事，而且相當專業，因為吃什麼就變成什麼，它是你的養分，養分不足或過偏都會營養不良。

看一本壞書跟一本好書的時間一樣，為什麼不讀好書呢？壞書指的是看了馬上忘掉、無法記住或累積的書；這些書以娛樂休閒為主要目的，稱之為爽書也可以，它的特色是易讀、有趣、新鮮，圖片超多，或故事超駭，有些週刊雜誌看得不是很爽嗎？但它對你的人生幫助不多，而你還花錢買它租它，這是書的消費者，而非生產者。

閱讀分很多種，有一般的閱讀，寫作者的閱讀，批評者、學者的閱讀。我們年紀輕時都是雜食主義者，散漫地讀，喜歡就讀，不喜歡也讀。常常是從租書店或書店看免費或付費的書，因為買書很花錢，等到有錢買書時，閱讀口味已養成，很難改變。

一般都是從類型小說或漫畫開始，我們那時也有漫畫《老夫子》、《機器貓小叮噹》，類型就是言情小說與武俠、偵探，這些小說一大套一大套，就只要逼你一本接一本看下去，反正總有殺不完的時間。通常是暑假姊妹們用零用錢合租一套書，各據總鋪的一角練武功。

武功當然沒練成。回想起來，讀武俠的量最多，對我的寫作幫助最小，就是會取名字，主角或招式通常很炫；偵探或言情或許有點幫助，前者要動腦，後者文字好些，記得看了一堆金杏枝、亦舒、瓊瑤……，純愛小說看多了會逃避現實，應該說幾乎所有的類型都是教人如何逃避現實，孩童與青少年厭惡現實，覺得現實很醜，連人也很醜。我小時候看到真人演的連續劇或新聞馬上關電視，直看到卡通才有笑臉，以幻為真，以真為醜，這是青少年的類感心理。

那時覺得世界上最醜的就是街坊鄰居的大叔大嬸，更甚者國劇與歌仔戲出現如見鬼般逃開。

什麼時候才會喜歡真人實事呢？

我們那時的租書店也有好書，屠格涅夫、福樓拜、托爾斯泰……，雖看不懂，但花了錢，不懂也要看，多看幾遍，就有點懂，它們跟類型不同，沉悶、節奏慢，不好看，但有些什麼光亮的東西在其中閃爍。

直到看《簡愛》、《咆哮山莊》、《塊肉餘生錄》、《羅曼羅蘭傳》終於看懂了，都是孤兒孤女的故事，青少年最喜歡想像自己是孤兒孤女，受盡一切折磨還悲慘死去，他們一個個是我們的替身替我們受苦死亡，因為年輕就是光活著光呼吸著就會痛苦，這心理無人理解，而小說中的那些人就是受苦的自己。痛苦是不具體的，小說讓它具體化。

但這些都是翻譯小說，跟現實有著遙遠的距離，所以也是逃避現實的一種，一直看到聶華苓《失去的金鈴子》、於梨華《夢回青河》，這兩本的情節有點像，很寫實，自傳體，都是少女性啟蒙的故事，她們因看見他人的性場面而產生悲劇，性本身並非悲劇，看見才是悲劇。性是罪，看見也有罪，這是我們不想看見的原因，矇著眼睛什麼都看不見，多安全啊！大人也不讓小孩看見。

那時的性是經過漂白的，沒有具體描寫，但只要剝開衣服，光剝開就令人興奮，連電影中的性場面也是剝衣服，有個日本古裝片，被強暴的女主角穿好幾層衣服，剝好久啊，什麼都沒看到，但好刺激，心臟都快跳出來。

電影是要你看見，文學也是要你彷如看見。

因為看見而有所發現，這是亞里斯多德在幾千年前就指出的文學的本質。

看見跟你自身有關，能看見真實的書就是好書。

等你看到好書，類型的階段也結束了，因為你再不害怕看到現實，真的人，真的性，真的事，類型是青少年讀物，而非文學，它具有過渡性質。

每個人都喜歡看輕鬆點的書，但書很珍貴，不要浪費，要輕鬆去看卡通或翻雜誌逛拍賣網站，那裡面也充滿故事。

對故事的渴望讓我們喜歡看書看電影，但現在好的故事隨處都有，文學書常沒有完整的故事，誰有耐心看，看它作什麼？

有的書文字很美，人物很生動，很適合作青少年優良讀物，如琦君、聖修伯里、林海音部分作品，優點是不沉悶、不複雜、雋永，閱讀講究分齡閱讀，有時不必過於僵硬，有天分者八九歲就讀成人書，有些成人到老也愛看小人書，因為把孩子看小，老讓他看小人書，當然會偷看超齡的書。一般青少年讀物三寶是少年小說、傳記、勵志小品，但這些都太嚴肅與無趣，應多拿幾本試出他的口味，然後鈎出他們閱讀的欲望。

姊妹中，宜妹不愛閱讀，只愛運動，彈鋼琴跳舞，又是讀理組，一直無法打進我們的讀書小組，她一翻開書本就會睡覺，我拿《海天遊蹤》、《愛眉小札》……試過一本又一本皆無效，直至《城南舊事》，她讀下去且讀完了，這之後就很容易了，雖然她讀得沒我們多，現在寫文章、短信常有驚人之語，比我還文藝，我寫信直通通，跟業務信沒兩樣。

在美國讀比較文學的青妹，天天有母子共讀時間，其認真程度像團契一般，回台灣旅行，每到一定時間就一起回房關門共讀，她在孩子很小時就教他們西班牙文，讀希臘經典作品，老大高中時的劇本，就有大劇團演出，是個早慧的文學天才。

我自己，把最好的都給學生了，兒子十歲前我盯得緊，會寫詩與童話故事，還投稿被刊登，別居八年，他把文學都丟了，只讀類型，口口聲聲說討厭文學書，有次丟《哀豔是童年》給他，讀完說不錯，之後再丟的都不甚喜歡，我也不強迫，再丟吧！有一天總會碰對。

他已錯過最好的黃金八年，回不去了。

抓緊八至十八歲的閱讀與寫作黃金時間，錯過就回不去了。

閱讀不是命令他們讀（讀書好辛苦，字那麼多……），而是要大人帶著一起共讀，大人自己不讀憑什麼逼小孩讀？共讀可以養成閱讀的習慣與品味，自己漫無目的地讀，通常沒效果，要不走歪路，冤枉路。讀書三五人一起讀，讀完互換心得，成長最快速。

現在什麼都有認證，就閱讀與寫作無認證，我主張專業的閱讀與寫作老師進入國小至大學校園或社區，國文老師只會教課文，不一定會教閱讀與寫作，導致學生的文學想像力與創造力低落。或者國文老師也要通過閱讀與寫作認證，因為課本改來改去，文學的核心是閱讀與寫作，這是古今中外都不會改變的。

閱讀與寫作分初階、中階、高階，小學是初階，中學是中階，大學是高階。如有特殊天分者可跳階，如此從小培養良好的閱讀品味，有好的讀者才有好的文學環境，不被排行榜或流行拖著走，如此才能產生更好的作家與作品，一國的文學力即一國的國力與生產力。

紙本閱讀的快樂很難被取代，書本是紙與文字的藝術品，可以反覆觀賞不足，只有紙本閱讀才能養出專心致志的人，且讀到好處，也有頓悟的快樂。讀網頁與電子書只能快速瀏覽，容易疲累、煩躁，所以重度使用電腦的人很容易焦躁、沒耐心、脾氣壞。

讀書是為養氣，因此會讀書的人自有定見，無定見則無所不為。

讀書風氣不能靠政府提倡，政府只要立法讓閱讀與寫作認證通過，可以創造多少學文學的活路與生路？較好的學生都會來搶，閱讀風氣自然興盛，如此雙贏的政策為什麼不作？

類型怎麼辦

以前並無類型的說法，它指的大約是通俗與流行的集大成，特色是分類龐雜，變化快速，產能與動能驚人，怪不得所向披靡。

武俠、歷史、科幻、偵探、推理、科幻、玄幻（穿越來穿越去）、靈異（吸血鬼、僵屍、陰陽師）、鄉土傳奇（盜墓、藏獒）、情色，純愛、美食（深夜食堂）……，光看這些名稱就很吸引人，他們都有一堆講不完的精彩故事，文字平易近人，連小學生都讀得懂，類型的佳作也有文學性，但大多以故事性為主。

類型吸引人也有文學性，為什麼只能偷偷摸摸地看，主要是好的真的不太多，而且每一類一旦走到高峰就會走下坡，它是有極限的。

武俠走到古龍、金庸之後就走下坡，科幻到倪匡、黃易之後也搖搖欲墜，先前的奇幻很紅火，但很難超出《哈利波特》與《魔戒》，於是轉玄幻，台灣沒有巫的傳統，原住民有，所以本土奇幻多寫原住民故事（最後不是變成賽德克・巴萊的情節就是與福爾摩斯合流），越看越怪，這點大陸因地大種族多，較好下手，台灣也沒吸血鬼傳說，寫來就先天不足，後天失調。

類型要寫得好不容易，否則這麼多人學，怎就學不像的呢？學丹布朗《達文西密碼》的案頭工作要作很多，有些還煞有介事，可是怎麼看怎麼怪啊！

背景在西方，人名也是路易士、艾琳娜，對話無真實感，情節超離奇，作者好像用另一套符號在寫東西，很像電腦教科書或電器說明書，很難進入，看了完全無法吸收。

怎麼會這樣啊！

翻譯體是其一，完全跟自己的生命無關是最要命的。

我也是讀翻譯書長大的，那時的翻譯更粗糙，讀久了，自己寫時很像外國人寫的筆調，名字一定是尼儂或依芙，天空必然很希臘，要不你去看那時的散文或小說體，都有濃濃的翻譯腔。我為洗去這腔調花了好幾年的時間，寧願直白、曉暢，也不要文藝腔，這是故意走反向，因為你不懂那到底是自己的聲腔，還是別人的？

開始寫作之時，模仿也許是必經的路程，學類型較容易，因為文字有特定的腔調，情節也有套路，很快就上手。

但情節不是小說的靈魂，人物才是。

太陽底下沒新鮮事，有個無聊的人看了萬本小說，歸納出情節有三十六種，復仇、戰爭、集團爭霸戰，亂倫、多角戀、生死戀、殺人魔王……，僅僅三十六，多麼沒創意啊。

從值得一寫的故事出發，不如從值得一寫的人物出發，從這點這區分了壞小說與好小說的不同。

作家的本事就是把死的寫成活的，從已經無可寫之處迸出新火花，捏造一個人物，讓他活得比你還有生氣，人物的活法可分四種，全死、半死、半活、全活，全死是只有名字沒有生命，完全記不住的人物；半死，是有一點生氣，但看過即忘；半活是讀的時候生氣勃勃，闔上書後也許停留一陣，過不久就忘了；全活的人物，在小說中生靈活現，讀完後久久不忘，你死了，他還活著，可怕吧?!

孫悟空、豬八戒、賈寶玉、林黛玉、宋江、林沖、劉備、關羽、諸葛亮……，他們已經活很久了，可以肯定他們會活更久。

要寫活一個人物，你要對別人比自己有興趣，要看過千百人才寫得活一個人物。

人物難寫，故大家從較容易的入手。

那些成功的類型都是創造了一或幾個活人物，如金庸的楊過與小龍女，羅琳的哈利波特，高陽的胡雪巖，但他們會活多久，還有待時間考驗。

我覺得類型大多是是青少年讀物，有其階段性任務，當你三四十歲，人生經驗豐富一些，就不再吸引你。

類型與流行文化是青少年文化的一種，對寫作的幫助並不大。

你總不能用翻譯體寫一輩子吧，再說類型創作者自己太入戲了，也就失去美感距離，類型對創作者來說只能是諧擬，像《唐吉珂德傳》諧擬當時最流行的騎士小說，但他保持批判的角度，用嘲諷的方法，寫了一個反騎士小說，卻寫活了唐吉珂德與桑科。

文學有時需要疏離效果，疏離是詩的特性，文學是廣義的詩，作家以前都是詩人，所以作品要有詩意，就不能太入戲，能入能出才是王道。

因此，如果只是打發時間，看看類型無妨，如果想寫作，不能看太多，看到腦袋孔固力還不知道。

要看也要看好一些的，最經典的看看即可，否則它們一套動輒數十本，浪費錢又浪費時間。

電影有爽片，書也有爽書，類型大多是看爽的，對寫作真的沒太多幫助。

一般人閱讀以看爽為目的，寫作者的閱讀是為自己的創作找靈感或出路，大多讀比自己略高或高很多的作品，是在磨練技藝，這時每個人的習慣與需求很不同，有的人在寫長篇之前大量閱讀經典長篇；有些收集資料作前置作業；有些下田野在主要場景住上半年……，我通常看越新越有實驗性的作品越有感覺，或者看電影，好的電影讓我靈感加分，壞電影則讓我睡著，如沒睡著心情更惡劣。

閱讀過於經典的作品，常讓我想看不想寫，也寫不過啊，現役優秀作家的傑作與突破之作常會激發我的靈感，這比較有可能追得到。

如果純閱讀，越經典越好；如果要寫作，讀新一點的。與你同時代的作家也有優秀的，你對他的作品非常瞭解，他寫的生活與時代，恰恰是你的生活與時代。

所以我也喜歡看學生或新人的作品，因為他們的筆更新，不是那麼完美，但很真實，我看文學獎的主要目的，也是看新人的寫作狀況，他們在想什麼？文字是否出現新聲音，這對我的教學與研究也有幫助。

批評家的閱讀越精越博越好，有人說一流的批評家是二流的作家，我覺得兩者並非那麼衝突，艾略特與維吉妮亞・吳爾芙，既是一流的作家也是一流的批評家，詩話詞話的優秀作者、曹丕的《典論》，都是創作與批評俱優的雙棲才子。台灣的批評風氣不盛，主要是批評由作研究的學者主導，這有點偏頗。創作是微細的心靈工程，有些只有創作者才能體會，許多年前讀到川端康成的畫評，是他認為畫藝平平的畫家朋友的作品，川端寫了評，好得令人發抖，它說看到朋友的畫作覺得跟以前大不同，他稱之為「臨終之眼」，所有的評都從這點出發，當一個創作者年老體病，他意識到死神就在眼前，在痛苦與留戀之間，畫出了對人世的最後一瞥。川端是厭世者，一定知道臨終之眼是什麼？他在朋友的作品中看到這個，因此說出真心的感言。

這就是印象批評，許多詩話詞話的作者自己也是創作者，他們的評會讀進一般人讀不到之處，而成為經典之作，什麼「羚羊掛角，無跡可求」、「有隔有不隔」……，好的批評家要作到「無隔」，也就是評他人作品好像在評自己的作品，要作到這樣，他起碼要知道創作是怎麼回事？以及這作品在什麼狀況下寫成？還有它的精確份量，因此批評家讀得越博越精越好，他要兼具鑑賞、分析、裁判的能力，文化水準高才養得出大批評家，也要有水準高的讀者才看得懂啊！

好的批評家具有公信力，一部新作品推出大家等著看他的意見，他的動作要快、狠、準，因為報紙與媒體搶時間，評文也不必夾槍帶棒，援引一堆理論或經典，就直接評，書評的文字不必長，一至兩千，它比導讀、評介要高些，就是評論。

批評家的養成，除了大量閱讀，才氣與品味是非常重要的，加上嚴苛的自我要求與訓練，才能達到精確、合理、有效，這跟學者的長篇大論是不同的，它直接面對的是一般讀者。

台灣什麼時候出現艾略特這樣的大批評家？

批評家需要美學素養，他常是跨類閱讀者，文學、美術、音樂、電影、社會學、哲學、心理學都懂一些，想想阿多諾、班雅明、巴赫金吧，他們關切的是普遍的美學現象。

台灣沒有真正的美學家，只有文學史研究者，什麼都扯到主義與傳統，作品明明是此時此刻，老是在談彼時彼刻，美學家能見微知著，穿透作品，王國維、宗白華、朱光潛、李澤厚算是，台灣只有美學翻譯家，研究者，姚一葦勉強算是，其他都是喊喊，動不動就是什麼美學，為什麼不能誠實面對就是無美學教育與人才的問題？

真正學過美學的，以余秋雨與章詒和為例，都是搞戲劇美學，有這個底子寫文章格局就是不同，人物尤其生動，木心想必也是懂的，張愛玲、白先勇也有一些，他們的美學素養來自跨領域的比較多，所以想當批評家就要成為讀很多想很多懂很多的人，因為他要為自己的評論負責。

很年輕的時候，我就意識到這問題，想成為那讀很多想很多懂很多的人，趙老師是台灣唯一開「文學與美學」課的人，我想即使到國外留學，未見得會碰到這麼好的老師（有也未必肯教），因此一面教書一面聽課，前前後後剛好十年，加上自我學習。在那個留學潮時代，姊姊與妹妹都到美國留學，出國的壓力始終存在，但我想創作，要留在自己的土地，這讓我缺乏漂亮的學歷與經歷，但有好學歷一定有好學問嗎？

可惜我想寫的實在太多，身體眼睛早已不行，沒有達到自我的要求，也沒寫出驚人的論著，那就作多少算多少吧！

我把期望放在下一代，培養閱讀與批評人才，先會讀，再來談其他。

至於學者的閱讀，是大系統的閱讀與爬梳，文學史、文學理論、作品分析、美學是四大支柱，現在的研究還是偏文學史研究，美學還是少人談，題目是美學的都與美學無關，無美學就無定見，見風就倒，盲目追隨，唉！

閱讀有深淺，有次第，也是很專業的事，如果能拿閱讀當職業，不亦快哉，這是我要提閱讀認證的理由。

美學是什麼

美學是藝術哲學，哲學的一部分，專門討論美是什麼？如何審美？及美感的來源、變化及藝術文學的審美理論。

凡人都愛美，知道美醜的區別，但我們的美感神經到底如何發動的？很多人說我戀物，我只承認自己愛美，我的東西也許別人覺得不美，但至少有一刻我覺得它們是美的，每個人所好不同，因此美的標準產生分歧。文學藝術的美感也代有不同，魏晉愛風骨，晚唐愛靡麗，連人的審美也有環肥燕瘦，漢代愛趙飛燕式舞動的美感，因彼時人好動，南征北討，打獵夜遊，圖案與屋宇都是流動的線條，追求萬馬奔馳的速度感；唐朝人愛楊貴妃式搖曳生姿的美感，彼時人受中亞文化影響，傳來了許多絲竹吹奏樂器，這些好比吉他、鋼琴、爵士鼓的樂器大多是要坐下來彈，以前大多站著、跪著演奏：這些新樂器組成一組坐樂團，圍繞著一至多個唱歌跳舞的人，曲風的改變如同古典音樂變成爵士，連帶歌詞也改變了，這是唐詩產生的背景，它們大多是歌詞，表面上看不出它能歌能舞，文字整齊、乾淨、安靜：「長安一片月，萬戶擣衣聲；秋風吹不盡，總是玉關情。何日平胡虜，良人罷遠征。」這是子夜吳歌，是可以唱的，音樂帶動作詩方式的改變，想必加入許多胡樂的因子，等到詩不能唱，漸漸變成文人的紙上遊戲，北方游牧民族的音樂帶來新流行，這下子就像搖滾，唱歌跳舞要大動作有時還要吶喊，也就帶動宋詞、元曲的變化，它們是詩，也是歌詞。

光文字（歌詞）就這麼美，可以想像一下，歌舞與詩結合的美麗畫面。

一個時代有一個時代追求的美感。

在封建時代，上有好者，下必甚焉。楚王愛細腰，宮中多餓死，楊貴妃愛穿黃裙，那時的時尚色想必是楊妃黃。美感的產生有政治因素也有心理因素，分析起來有點複雜，文學藝術更複雜。

在欣賞音樂或讀文學時，如果想到這些因素，更能同情地理解，更覺得它們美，並知道美從哪裡來。

在西方，人神合一的希臘時代，許多哲學家為什麼是美發動激辯，他們愛辯論，從小就知道如何修辭，把話說清楚。

在《饗宴》這本書中，就有一大段關於什麼是美的討論，這是希臘戲劇與史詩的全盛時期，於是亞里斯多德寫出現知第一本文學美學著作《詩學》，彼時的作品都是詩體，作家即詩人，有抒情詩、史詩、劇詩，史詩有短、中、長三種，三大文類散文化之後，抒情詩分化為詩歌與散文，史詩變成短篇、中篇、長篇，劇詩變成話劇與歌劇。我們現代的文學分類即援用此分類，各文類有其藝術特徵，這是類型學，美學的一部分。中國文學主要是以抒情詩為主軸，詩文並行，史詩只有小型的如〈孔雀東南飛〉、〈木蘭辭〉，在我們算最長了，跟荷馬史詩比，只能是小型史詩，也非主流。古希臘的主要文類是劇詩與史詩，抒情詩被驅逐到邊緣，在我們的文學歷史中，詩與文是主要文類，關於詩與文的討論較多。

我們的小說、戲劇發展得較晚，理論不多，還好它們的特徵較清楚明白，史詩的精神在發現，是一連串發現的過程，所以西方一談小說，必談史詩與發現，而戲劇的希臘文是to do的意思，也就是去作去動，有動作才有戲劇。

最麻煩的是抒情詩，它很主觀霸道，連柏拉圖都要把詩人趕出理想國，但他認為詩的美在「迷狂」，他提出「理式」，理式說來是理想的形式，含有較多的理性，但也有神意在其中，跟迷狂的無理性不同！詩人跟巫差不多，怪不得要被排擠。亞里斯多德則提出「摹擬」，文學藝術要摹仿自然，但當時的自然，非僅限於社會，還有神的世界。

康德提出「理性」，跟「理式」不同是以人為中心，美是可以不學而能分辨，因為人具有理性，美是非功利的，純粹為趣味而設；黑格爾提出「理性」，美好的作品是理念與感性的統一；車爾尼雪夫思基提出「生活」，也就是具有生活意義的活生生描寫即是好作品；巴赫金提出「複調」，主要針對小說而論，因為盧卡奇著重小說的「再現」功能，他能欣賞托爾斯泰作品創造的偉大時刻，卻不能欣賞杜斯妥也夫斯基的現代性；美學家常是洞燭先機，比一般人早看到美的變動，並提出理論，他發現杜氏的複調與雜語性，這個觀念可以延伸及大部分的現代與後現代小說。

早期的美學家把作品討論放在戲劇、繪畫、雕刻上，後來轉向小說與繪畫、雕塑，這代表主流文類的轉移，加入大眾文化的討論，那已是二三〇年代法蘭克福學派，他們加入流行音樂與電影的討論，提出批判的理論，阿多諾、班雅明、馬庫色都在其中。羅蘭巴特提出文本的概念，他以符號學分析巴爾札克的〈薩拉辛〉，是寫一個跨性別的閹伶的故事，現在來看評者與作者都好現代……。

知道這些要幹什麼？這是美的歷史與哲學，讓你在大海中撈到明珠，在文學作品中找到美的重點，並進行審美，能審美才能下裁判啊！

當作品對美的追求產生變異時，美學家彷彿探勘者發現新的礦脈，預知一個新時代的到來。

有個美學家每天散步，都要經過一個花市，花市的花都是分門別類一桶一桶插好，像插香似的。有一天他發現花販把不同的花插成一盆盆美麗的擺飾，而且攤攤如此，爭奇鬥豔著呢，連續幾天都一樣，還有越演越烈的趨勢。他沉思著，覺得這不是件尋常的事，於是他馬上寫了一篇文章，預告一個新的文藝復興的到來。

花跟文學有什麼關係啊？主要是美，當人變得愛美時，文學藝術就有新的舞台新的活力，文學藝術家是最最愛美的。

現代人也愛美，男女老少都愛，型男型女到處都是，有時男生還比女生美，這跟以前大不同。

在我年輕時，男生穿得跟父親差不多，顏色也是老伙色，長相要man一點才能說帥，現在的男生偏陰柔，還有偽娘，這個狀況跟魏晉與明末清初差不多，都是藝術的高峰期，魏晉南北朝《世說新語》專門討論如何品人，裡面漂亮的人物大多是男性，明末有許多男色小說，清初出了《紅樓夢》這本奇書，裡面與其說在歌頌女性如何美，不如說跨性如何美，裡面最美的與其說是秦可卿，不如說是賈寶玉，他比女生還漂亮，還愛美。

當男生比女生還愛美，文學藝術會興起，但現在文學為何如此慘淡？因為還在調整，網路後文學，要適應新的媒介，此媒介如同紙筆的發明，讓人們把竹簡都扔了，可是上面的文字沒扔。現在先起來的都是跟電腦有關的，微電影、流行歌曲創作、網路文學……，傳統藝術要起來要經過微整型。

這也是講究微整型的時代，一方面又追求回歸自然，好矛盾啊！走一步退三步，是不是現代人的困境？

有什麼時代就有什麼樣的文學，後紅樓夢時代，人人都想挑戰這座文學大山，所以家族書寫、自傳書寫、跨性書寫還會持續流行，除非我們能攻克那座大山。

所以，現在你準備好了嗎？

第一筆

第一篇主動想寫的文章，有些美麗的文字，模糊地想抓住什麼，卻像一張有洞的網，斷斷續續，破碎如七寶樓台。

說它是詩密度不夠，說是散文，又愛用詩行，很像歌詞，又不夠直白。很多因此想走寫歌詞的路，結果什麼都沒寫成，因為不懂流行音樂，又沒像周杰倫那樣的好朋友，於是參加詩社，卻覺得格格不入。

剛開始寫的東西，是既像詩又像語錄又像歌詞的東西，少年愛短句短行，可能也是古詩讀多了，又想逃避作文的八股文寫作。

十二三歲時，國文老師會在某一堂課，在黑板上介紹一些詩，大多是翻譯的，我的眼睛像打火機啪一聲燒亮了，於是也在漂亮的筆記本寫些長短句，可惜鄉下地方買不到詩刊，只有讀些西洋翻譯詩，有一天寫一首自認為不錯的，投到只知其名未見其刊的大詩刊，等了很久沒有回覆，我的心一天比一天下沉，我寫得很差，根本不是寫詩的料，從此之後很怕投稿，退稿或無下文一次，都要內傷好幾年才恢復信心。

從此不再寫詩，但因此更愛讀詩。

有時在日記中偷寫，發表給自己看。

登在校刊的都是散文，其中有一篇很文藝腔，題目是〈鐵道的拾掇〉，寫通車生活的雜感，篇幅都不長，千把字左右。

千把字是初寫者很難踏過的門檻，作文還只要六百，八百，一千字很長了。

每當我跟散文課的學生說寫長點，他們會說，一千字很長了，我說目標五千，他們翻白眼了。

寫得好，當然一千頂夠了，但很少人能把一千字寫好的。

文字通常直白得接近口語，題材大同小異〈新鮮人的滋味〉、〈初見東海〉、〈大度山札記〉，如果到了期中考就是〈進補〉、〈夜讀〉、〈趕進度〉，這些題材固然值得一寫，但能寫出色的不多，因為這是普通經驗，你寫我寫都差不多。

美學家克羅齊說「經驗即美」，不是所有的經驗都是美，那必須在潛意識起震動的才是美的經驗，所以他談直覺，直覺是當下的事物能在心靈上起反應的，凡是好的題材是要先感動自己，你感動十分，別人才接收七分，感動三分的話，讀者可能心動一下都不能。

經驗是「迎面而來的事物在腦海裡留下的印象」，重點是留得住的印象，有些事物其實你根本沒看清楚，只是有一點感覺，連那感覺也很模糊，你寫下來，勉強擠出千把字，文字乾巴巴，情感很生疏，好像不是寫你的事，或者說你根本沒什麼話說，是被老師逼的，一切都是老師的錯。

所以通常我沒課堂作文，只有每人買一本小筆記本，良心事業，寫多長寫多少篇都隨意。

當你擁有一本空白筆記本，想寫的時候才寫，有時真能寫出不錯的文章，只是通常不長，札記嘛！

一千字像個魔咒一樣，緊緊綁住初寫者。只能寫一千，會不會是辭彙太少啊？還是氣弱？

這都是未經鍛鍊前的現象，能突圍而出者，通常是已經開始寫，或者較有天分者。

長一定好嗎？有些人在札記上寫奇幻小說，出國遊記，落落長。

散文是一切文體的基礎，是文類之母，先寫好散文再求其他。

為什麼呢？其實你早已開始寫散文，而且至少寫了十年，作文雖是八股文的一種，也是散文啊，如果你開始寫詩那就算了，十八歲還沒寫詩，還是先從散文開始吧！散文是門檻較低的文類，又是單純的藝術，散文適合練習，而且較快練出成效。

要把散文寫好，過去寫過的文章先要歸零，那些破碎的句子、歌詞、作文，那些四個字四個字的成語，還有某大師說孔子孟子曰，統統歸零。

我每次寫文章也是先歸零，把以前寫過的忘掉，像新人一樣，從新開始，如果把自己當大師，也會有另一種大師腔，頗討人厭。

把讀過，寫過的東西都刷掉，那還剩什麼呢？通常是一片焦慮，但非一片空白，創作就是從沒有處出發，不是完全沒有，你還有你的心還有記憶。

通常在焦慮後會浮出一些東西，都是一個山尖一個山尖的記憶，此起彼落，這時還不是下手的時機，那些山尖下面都是空的，如果急著下筆，常寫至半途就夭折，要等哪個山尖浮出一個冰山的輪廓才下筆，那冰山是虛線，你把它變實線。

這時通常找不到辭彙，連老作家也有詞窮的時候，文字嘛，需要長時間鍛鍊，找喜歡的作家熟讀、抄寫或寫寫詩，不一定要發表的詩，詩語重精純，初習寫作的人喜歡堆疊文字，一句話要用十句才說明白，或者整篇文章文字華麗，內在的意思不是很少就是沒有，這時要用減法而非加法，意義不清晰的文字寧可不要。

能從華麗走向精準是文字鍛鍊的第一步，在堆疊文字上花太多時間是浪費，不如先把意思說明白，在腦袋裡廓清再下筆。

跟比自己水準好一些的人長期而密集地通信，信要寫細寫長，我見過很會寫信的人，連e-mail都好幾千，每個字都在應該的位置上，而且有自己的風味。

這要花多少時間才練得出來？至少連續幾年地創作，他是寫小說的，已寫十幾年。

文字好是散文最低限度的要求，文字不好去作別行，散文通常不長，如果沒有幾段可讀，看它作什？一個文字創作者文字不好，那還要混嗎？

好的文字清新、自然、生動，不好的文字陳腐、僵硬、死板板，或破碎，有些則把口語當文字，寫作像講話或訓話，這跟文字拙樸是不同的，大拙若巧，也就是不加修飾，簡練到完全感受不到技術，這樣的人通常是老手，或是特殊經驗的寫作者，如果要描寫一從死裡逃生的大劫難，或者對一個人或事物的至愛，那還需要華麗的辭藻嗎？越樸素越顯現它們的特殊與可貴。

另有一種文字是不請自來的，那是靈感之神牽引下，寫出的作品。它的特色是快、亮如閃電而一氣呵成。

那時文字如花一朵朵綻放，滿山是花，一路還張燈結彩，所謂文采斐然不就是該是這樣？

氣勢與氣韻

講到氣韻我想到研究所的古文老師，他熟知內典，家住中興大學附近，當時他已退休，年紀有七十了吧，我們一班七人通常一大早搭公車轉車一個多小時車程，然後再走一段路到他家上課，他很嚴格，命題作文交出後，按名次發回當眾講評，放前面的通常會得到一兩句讚美，在後面的會被當眾臭罵很久，嚇得我們寫文章時息交絕遊各自練功，上課時大家連氣也不敢喘，他是個老人，但氣很足，氣場大到讓人發抖，就在他的課堂上約略知道古文講的氣韻或神韻是什麼。

用氣來寫文章，大約是中國人的特色，孟子就講養吾浩然之氣，氣到底是什麼呢？一般人用力寫文章，大約到某個階段才知道不能用蠻力，要用氣，然而氣到底是什麼？我們有時看到一篇文章，辭藻美麗卻有氣無力，有些文章氣韻生動，讓人低迴不已，到底氣是什麼呀！

它是內在心理性的能量，科學家稱之為「具有意識的能源」，有些研究家稱之為「可以意識並加以控制的能源」，另外，又有人用「具有感情的物質」來定位它。

原來感情也有物質性，當我們熱戀時，心心念念想著一個人，結果真的常不期而遇，尤其是雙向的更明顯。這是氣蘊集的念力產生的力量。

然而一般人的氣都是散亂的，只有那寫書法、創作的知道如何「集氣」，有打坐或練功經驗的人都能感受到氣的存在，它是透過靜坐達成的「氣」的運行，而閱讀與寫作到達某種專心致志的境界，也會有氣的產生。

這樣說好像太神祕，我只談專注力，專注在任何創造發明都很重要，長時間注意與研究，必然有收穫或突破。現代人坐不住，在電腦前雖可宅很久，但東瀏覽西瀏覽，連寫報告都要一面聊天一面聽音樂，中間還打一下遊戲，順便下標一件東西，注意力分散氣就散了。

為什麼寫文章也要養氣呢？因為創作是靠心理能量運作，心理能量大的氣強，氣強者寫文通常氣勢不凡，如果沒辦法作到氣強，氣長也不錯，就好像會游泳的人可以靠憋氣換氣游很久，它一半靠鍛鍊，一半靠意志。

文章有氣支撐，它不會彎彎垮垮的，一波未平一波又起，波瀾不斷，一氣呵成，好的文章多半一氣呵成，很少是一點一點擠出來的，因為氣很足，所以氣足神完，生命力活現。一般般的文章，氣不足故很平，像心電圖接近心臟停止的線圖，文如看山不喜平，過於平的文章多是氣不足。

氣勢跟氣韻有些微不同，唐宋八大家的古文講氣勢，氣勢要大要波濤洶湧；魏晉文人書畫美學講「氣韻」說的是人內在的氣質形諸於外的風度，可以說有一種說不出來的美好特質表現在人身上的謂之「氣質」，表現在空間的謂之「氣氛」，表現在創作上的謂之「氣韻」，大概魏晉六朝人偏向追求陰柔之美，所以氣勢大多在陽剛之美的範疇，或稱雄奇或稱豪放，氣韻則落在陰柔之美的範疇，或近婉約與含蓄，中間還有混合型的，文章有氣勢的如蘇東坡，他寫〈赤壁賦〉，氣象萬千，變化多端，讓人稱奇，他自己是常打坐的人，當然知道寫文章要用氣不要用力，用氣寫的文章，常有靈思迸發，創造奇想的高點，以前的人靠寫書畫打坐練氣，那要花很多時間，最簡便的練氣方法就是靜坐發呆與運動爬山。

什麼都不作，放空地在咖啡館或山中海邊靜坐；長時間持續一種運動也培養專注力，閱讀當然是最簡易的方法，苦讀幾年，哪能不專心致志？專注的人最美，看音樂家渾然忘我地演奏，運動員完美的演出，那需要多少的專注力與聚氣？

歐陽修或歸有光比較在氣韻這邊，他們的文章變化不多，氣也沒拔高，但韻味深長，這種文章通常很耐讀，而且文字的節奏感好，如有樂音在其中。

以我最近讀的小說家散文為例，同樣寫鄉愁與少年，楊富閔的《為阿嬤做傻事》，非常用力寫，就像看一個投手投到肩膀受傷，讓人心疼，好的地方當然是是好，但抒情的文章不能寫太滿，要留點空白給讀者，作者玩完三十六套招式，而且都是關乎生命危險的技藝，讓人感到刺激萬分，也緊張萬分。

散文作者有時要放鬆，你放鬆，讀者就能放鬆，好的散文會讓人閱讀速度放慢，因為捨不得讀完，讀完還有餘韻，讓你想再讀一遍。

小說家寫散文，只把它當遊戲，故而能放輕鬆，如閻連科寫小說情節緊湊，寫《我與父輩》放得好鬆，許多小細節寫得很生動，光寫父親為孩子蓋房，在冰天凍地中運石子，累到傷肺而死。生為偏鄉農民之子的哀傷令人動容，相信老天也想掉淚，這麼重的題材，就用淡淡的、慢慢的筆觸寫彷彿電影中的慢動作或定格，連人的氣味都飄出來了。寫大伯用較花俏的筆法，叔叔則是城市與偏鄉的對比，小物件的描寫很重要，父親運石子的勞動者身影、成堆的石子小山、新房的敞亮氣派，大伯的塞糖果疼愛小孩，愛賭愛走四方；小叔的襯衫與鋼筆……，每個人物面目鮮明，筆法各個不同、大多是深刻微雕，而有餘裕的氣在其中行走，一山比一山高，這是一本有氣勢的散文，雄奇而曲盡人情，這本書好讀極了，會讓人想多看幾遍，讀時有高潮點，會激動，這也是氣勢文的特色。

閻有北方漢子的豪邁憨厚，畢飛宇則有南方才子的風流蘊藉，纏綿哪！他最早是寫詩的，在轉換寫小說時有些困難，主要是寫不長，及不會說故事，後來他找到自己進入小說的方法，那就是人物，讓人物一個帶一個，自然生長，像玉米帶出玉秀，玉秀帶出玉秧，《推拿》也是人物的串聯，他擅寫女人及很娘的男人，或非男人（跨性或殘疾），他的氣沒閻足，只好用韻味帶，所以能氣韻生動，他談創作只有一句：「先寫個三十年吧！」三十年比我的標準高，起碼要三百萬字囉！

他的散文《造日子》，寫法很輕，他知道如何用巧勁讓氣與文字進行，小物小事，寫得俏皮有趣，又不八股，還有一點反諷意味，最好的是文氣鬆，像花旦唱小曲，文字淡，在重點處別開一枝花，這書讀時，就該泡壺茶慢慢讀。

寫散文能舉重若輕，通常是老手了。

什麼時候知道自己的文章有氣，也就是情緒沸騰時有氣，但長久的沉思冥想發出靈光時有氣，或行文中觸到地雷，哇！文字節奏突然加快，變得新又好，且一氣到底，這樣的文章通常有氣勢或氣韻。

散文魂魄

散文這個文類很難下定義，可說在兩個極端移動，而且相互排斥。一端是載道的古文傳統，一端是抒情的美文傳統加西方隨筆，前者重知性、氣勢；後者重感性、氣韻。

散文家自己常打自己，有時詩人與小說家也加入，真是人人都管，卻是姥姥不疼媽媽不愛。

有時小說家與詩人寫的散文也不錯，散文是廉價的入場券，不是散文作者的專利。

這讓我想到章詒和，她因被打為右派被關近十年，在戲曲研究所工作二十年，六十歲退休後才開始寫作，人生的黃金歲月都在囚禁與半囚禁中度過，她因此喑啞過了人生的幾乎全部，她沒時間也沒自由成為寫作者，直到六十二歲寫出《往事並不如煙》，在自序中她寫著：「寂靜的我獨坐在寂靜的夜，那些生活的影子便不期而至，眼窩就會流出淚水，提筆則更是淚流不止，毫無辦法，已成疾。因為，一個平淡的詞語，常包藏著無數寒夜裡的心悸。我想，往事如煙，往事又並不如煙。」

初看這本書因為口碑（我選新書不靠書評、排行榜靠會讀的朋友推薦）時間通常稍晚，當我看到書名這麼彆扭又不順，期望並不高，尤其我對大陸書特別謹慎（有學生就看到腦袋壞掉回不來），讀時先被她的記憶力嚇到（她想必沒寫小抄的習慣），這麼一大段話都記得：再來是她對人物刻劃的功力及入戲的程度，如果說這是一場演出，可說出神入化；再來是她的美學背景及對人事物的品評，可到《世說新語》的境界；最後是她是少有的傳記散文作家，繼承列傳文學的精神。

列傳文學不就是左傳、史記、漢書以來書寫人物的正史大書寫，怎麼給一個女史寫出來了呢？

我好恨，為什麼台灣沒出這樣的傳記散文作家，不都說台灣地美人美，是新魏晉新南朝嗎？怎麼出不了另一個劉義慶或司馬遷？

散文是自我書寫之文類，作家的自我跟其他人並無不同，但他對探索自我的存在具有莫大的熱情，因為瞭解自己是通向他人與世界的管道，自我是小宇宙，他人與世界是大宇宙，散文作者就算寫他人或世界，也是從自我出發。

它是第一人稱大寫的文體，因為這個我寫得好時就代表所有的我。散文作者是把自我與存有當成同一回事的人。

因此沒有個性或特色或自我覺察力的人寫不好散文。

章詒和想必是一個極度潔癖與愛美的人，卻被丟進豬窩三十年；她同時是一個極度自尊與叛逆的人，卻在一個集權體制生活一輩子，這樣的人如果生活在台灣，一定愜意極了，可能是南村落或溫州街的雅痞或美食作家，可是她卻生活在彼岸，她寫的那些文人雅士都可以進入《世說新語》，也可看出一個時代的文人風貌。她愛他們，因為他們很美，美到可以成寄託，成信仰，除此之外的東西她不信也不愛，聽說她成名書大賣之後，住在一個大房子裡，裡面空無一物，只剩一些證件包成小包，能丟的盡量丟，還嫌丟得不夠乾淨。

她寫的那些人物，她替他們著色潤筆，使之生死人使之肉白骨，寫他們也等於寫自己，他們死一遍她死好幾遍，靠的只有一支筆，她說：「我最想說的，是我自己的故事。」

這便是散文不證自明的地方，散文的魂魄就是自我通向世界（理想或神）的產物，它需要文字與人格的千錘百鍊。

感性中有理性，理性中有感性，有一定的品味與靈氣，如此行文就算寫人間煙火也沒有人間煙火味。

散文就怕寫俗了，寫假了，虛構從來不是散文的問題，自我才是。認識自我是一條無止盡的路，散文作者越敢直視自我，寫出的作品越真實越深刻，那能分辨真我與假我的，就能分辨真實與虛構。

我們都不是一開始就能直視自我，頂多是小寫的自己，隨著越挖越深，越來越勇敢，越知道自我只是一條通道，通向他人與世界，那裡無比寬闊，如此每次行走都有新發現。

我每讀佩索亞的《惶然錄》，只要幾頁就哭濕了眼睛，他孤苦無依，仰賴想像為活，他擁有的只有與自我為伴：

> 不，我沒有睡覺，但是，沒有睡覺和不能睡覺的時候更好。我在這長久的隨意之中是一個更為真實的自己，象徵著靈魂的半醒狀態，我身處其

中哄慰著自己。一些人看著我，似乎他們知道我，或者以為他們知道我。帶著眼睛和眼皮的隱隱作痛，我感到自己也回看了他們一眼。但我並不想知道外部的世界。

我所有的感覺都是疲倦、疲倦，完全的疲倦。

我的老師常說作家是睜著一隻眼睛作夢的人，散文家為什麼老寫自己，因為人有太多缺憾，回想自己常常感嘆，如果家庭美滿、父母疼愛，數理很好，初戀的那人剛好也很愛我，婚後幸福，兒女乖巧，經濟豐裕，那我可能早早就嫁給初戀的人，唸醫學院，雙雙到美國去，當醫生與醫生太太，哪有時間寫作？要寫的可能也是感恩自己有多幸福，如要寫些苦悶，別人也會說你強說愁。

這不是說寫作的人都是失敗者或不得已的選擇，而是他腦袋中的一點怪怪，讓他走了一條較坎坷而孤獨的路，追求自我的那條路。

先是寫小我，身邊的人事物，走了不知多遠的路，你看到那個更為真實的自己，自己與他人，與土地與愛，與死。

然而好散文不會死，因為它寫出千千萬人的心聲，變成大寫的我。就像章詒和寫的：「我這輩子，經歷了天堂、地獄、人間三部曲，充其量不過是一場孤單的人生，沒有什麼意義和價值。我拿起筆，也是在為自己尋找繼續生存的理由和力量，拯救我即將枯萎的心。」

玩玩詩

我不寫詩，但愛讀詩，詩對創作者很重要，要改變氣質，脫胎換骨，最快的是寫詩與讀詩。

如果沒錢買書，只能買一本，我會推薦一本好詩集，好詩集不一定最經典，卻要是你最喜歡最想學習的。如今我還有收集詩集的習慣，《波赫士詩選》、泰德休斯的原版詩集《Birthyday Letters》、索因卡詩選《撒馬爾干市集》中英對照本，讀英詩能讀原典最好，因為詩最難翻譯；北島、楊煉、夏宇、林燿德算是我的案頭詩人，北島、夏宇的好許多人知道，但楊煉的豔體詩，已超出朦朧派詩人的純真，具有自諷諷世的意味，大膽得有技巧，林燿德是七、八年級的偶像詩人，尤其是他的長詩〈軍火商韓鮑〉，奇詭而富麗，在長詩上少人能出其右。新人的我也讀，九年級詩人都出來混了，不能光讀老詩。

常讀詩的好處是對文字保持尖新的敏感度，不用讀多，一天一首，作為一天美麗的開始，心情跟一般人就不同。我雖不寫詩，逼學生讀詩寫詩，教導不敢，就玩玩唄！

一般人提到寫詩全身肌肉都緊張，這樣非但寫不出來，還有可能心生畏懼，所以就從遊戲開始，先說改寫吧，把古詩改寫成現代詩，不能使用原來的意象與文字，作不作得到呢？我讓他們改寫過〈飲馬長城窟行〉，原詩是這樣：

青青河畔草，綿綿思遠道。
遠道不可思，宿昔夢見之。
夢見在我旁，忽覺在他鄉。
他鄉各異縣，輾轉不相見。
枯桑知天風，海水知天寒。
入門各自媚，誰肯相為言。
客從遠方來，遺我雙鯉魚。

呼兒烹鯉魚，中有尺素書。
長跪讀素書，書中竟何如。
上言加餐食，下言長相憶。

大家搔頭搔腦、這是課堂中唯一的即席習作，因詩不長，最適合在課堂作實驗，經過一個鐘頭收卷，看他們寫得七零八落，有人是苦瓜臉，有人卻笑得像南瓜，從沒寫過詩的通常寫出格了，變笑話，但也很好笑，以下是一個會寫詩但很不乖的學生的改詩：

酒中彼女

因為
思卿之故
生怕失去妳
只好每晚睡前
以酒精提味
以晚餐佐料

一指神功是我的畫筆
馬桶或流理台我的畫布
——技法：會厭神經反射自動性技法——
將妳吐出成一張張
色彩繽紛的色盲圖
細數一遍
顆粒顏色還有
我倆愛的數字真情密碼
讓我在微笑與腦殘中
確定兩人幸福的卦象
沒有變卦
妳在我心目中的容顏
沒有殘缺
再小心翼翼
將妳吞回去

（不要浪費～）

雖是明顯搞笑，卻也踏出寫詩的第一步，用自己的語言，吸收別人的養分，至少不要像寫歌詞，文字不好還有救，寫得像格言或歌詞就很難改變，以下是較中規中矩的寫法：

存在我這兒的你的臉容
卿卿
沿著那青青的水流
流成草原或成荒煙
存在你那兒的我的臉容
沿著紅色的血霧
回來夢中
互語黃昏

青青
你喚我青青
然後奔回血霧中
去向我不知所之的深山
深山中有白髮成魔的蟲師、旅人、行僧
流放成四方八方十方
最終化為虛空

幻想著你臉容
交疊著你我的臉容
青青卿卿輕輕

不是很好，但已有那麼點詩意，詩意常被誤解或擴大使用，凡是美好就有詩意，不如把詩意改為詩性，詩性是什麼？是純粹性、多義性、疏離性，詩是用非正常語言描寫正常事，重點就在這非正常，它常在文法的規律之外，詩語是精心篩選的文字，它靠氣連結而非文法，好的詩語純度高，一字都不浪費，可它要引發人想像，故用意象來說，如果散文的構成分子是文字，那麼詩就是意象，它是由一群相關或不相關的意象群組合而成，有畫面性與歧義性，就像電影中的蒙太奇剪接，組合起來可以窺探作者的心靈世界。因為詩人經常不以真面目示人，他躲在詩的後面，生出另一個陌生化的自我，它可以是大寫也可以是小寫的我。「疏離」這個語詞在布萊希特的「史詩劇場」特別受到強調，也就是非寫實非封閉，是一個開放性的觀念，作者跟自己的作品保持觀者的距離，觀眾（讀者）也保持批判的距離，這樣的閱讀才具備生產性，而不只是入戲而已，入戲太深容易產生幻覺，那並非真實，好的詩像夢境一般，如幻似真，破碎而不相連的畫面組合，彷彿有什麼真言要說。

現代藝術與現代詩都強調這種疏離性。總之，純粹性、多義性、疏離性越高的越具詩性。

另外一篇較好的改詩，詩以《詩經》〈關雎〉引導，幾乎可以獨立成自己的作品，他從不寫詩到寫長詩，進步神速，其實他寫得最好的是散文，經過詩的鍛鍊，語言更精煉，想像更奔馳：

水鳥

你是否曾經被一隻多事的水鳥提醒如
被強迫合音？

彼時，光
逐漸流漫過你的夢
在陰森的彼岸，擺渡人以槳輕扣船身
你注視到雙腳遭流沙席捲
（但那並不是生命唯一的
回答）

於是整個世界的長短與維度
都在傾斜
斜過睡與陰影

斜過心穩如巖石的地基
斜過聲音的曲折或物景的塌毀
直到傳來關關關關
嘿，把所有的黑暗的門縫皆
關上吧

你聽見，自也禁不住輕輕哼唱
慢速而悠悠（將醒未醒的）
巨大和聲
（和荇草與花齊聲高歌）

即所有的瞳孔一開始皆窄如夢的
夾縫。光的皺褶
突然水鳥啣著你的夢飛出（或是
水鳥飛入了你的夢？）

遠處疑有淙淙的水聲
你走近
撿拾碎落的浮草像
撿拾她細微的身影

而她行經河邊
就帶走了整片瀲灩的波光
你於是啞默了

安靜的像是水中的荇菜，悠緩
而漫漫。但你想要
以絕佳的和聲複製
水聲淙淙、鳥聲關關

把發聲部也把希望放在浮草
任其游蕩。僅聽見水與光自然的媾和
而你是否曾經是一隻堅貞的水鳥一如水光
亦如鏡。

改詩只是種實驗，真正寫詩，能不依賴前人最好，文字與意象越新越好，典故重點用，你也可把一短文或極短篇改為詩，偶爾作這種練習，在沒有靈感的時刻。

詩劇場

記得九〇年代初期，台灣邁入小劇場十年，許多年輕學子以劇場為主要活動中心，因此被視為青少年次文化的一種，經常有戲演出的有六七十個劇團，成員在二十至三十中間，當時的劇場引進的主要是貧窮劇場、殘酷劇場、舞蹈劇場。因為大多是非專業沒有包袱，最常講的一個詞就是「顛覆」，顛覆傳統寫實劇、商業劇場、文字劇本、語言與台詞。

在一個黑不隆咚，小不啦嘰的「黑箱」劇場中，三兩個，有時只有一個演員，作些怪異的肢體動作，二三十個年輕人坐在極不舒服的臨時座位上，看那似懂非懂的演出。這樣的十年哪裡去了，留給我們的是什麼？

主要是台灣新電影與八〇年代的文學爆炸漸漸消黯，文青找到一個融合文學與電影、舞蹈的新藝種，說是戲劇還有點生澀，因此大多沒留下來，勉強給它一個名詞是「實驗小劇場」，重點在實驗，而實驗常是九次失敗一次成功。

我覺得最可貴的是實驗精神與批判性，其中較好的劇團還是保留了語言與文學的部分，如田啟元的《水悠》，「莎士比亞姊妹劇團」的若干劇目。

詩性大約是大家想捕捉的，但大多數人沒抓到，或只抓個邊，「進念・二十面體」就抓到了，它結合舞蹈劇場與詩性，意象鮮明而素樸，因此延續至今，已超過三十年。

台灣的小劇場壽命很短，後來還是走向商業劇場，故事與語言的劇場，唱歌跳舞的大劇場，讓大家開心的笑鬧劇，那些個實驗性與詩性，大多跑向舞蹈，試看羅曼菲、吳素君、周書豪的舞蹈、雲門的《九歌》，或無垢舞蹈劇場，可以看見它們接收了小劇場未竟的理想。

詩劇場即文學劇場，傳統劇場的復興。我們的劇場本非以語言（台詞）為中心，而是以詩為中心。

台灣中小學與大學不把戲劇納入教育，這是一大缺憾。戲劇的作用大矣，最重要的是運動、第二重要的是運動，第三重要的還是運動；第一個運動是身體勞動，現代人都不愛動，要動也要是優雅的勞動，肢體語言更是少得可憐，身體僵硬，透過劇場的開發，常能讓不正常的人變正常，正常的人變得不正常，戲劇的高度紀律與大量勞動，常會開發自己也不知的潛能，戲劇非戲劇系的專利，就像文學非中文系的專利，這世界上有不愛看戲的人嗎？愛看是一回事，懂戲又是另一回事。懂一點戲算票友，作為創作的輔助，更知道好的作品是一點一點功夫堆起來的；第二個運動是情節的運動，情節是戲劇的靈魂，衝突又是情節的靈魂，不管有沒有情節，戲劇就是一直往前去的運動，它是動態，而非靜態；第三個運動是社會運動，好的戲能發人深省，也能作為改變社會的運動，如行動劇或實驗劇場都具有批判社會的功能並參與社會。

文學創作者常是內向不好動的，過於靜態的人只能寫出靜態的文章，靜態的詩與散文、沒有情節運動的小說，因為抓不到戲劇性的神髓。作家是半個戲子，如此才能演活故事與他人。

然而，這並非培養專業，只是借用，自我教書以來，課堂皆有演戲，大一國文的〈孔雀東南飛〉，學生在演戲的過程，深入文本，累是真累，但戲成後好像脫了一層皮，長大了。

歷來詩的課程就是讀詩與寫詩（不多），寫成的習作沒發表只能算作業不能算作品，所以創作課要有發表的平台，以前是詩刊，有網路之後則有部落格與臉書雜誌，《芬號500》雜誌，發行兩年多，有一千四百多個讚，其中以詩為最多，固定瀏覽人數約四五百，未來朝向印行手工詩集，只印一百至五百。從書寫到出版，如此創作的行為才算完整，我願付出全部費用，支持詩的創作。

除了文字發行，詩劇也是創作課的重點，為了十分鐘至半個小時的演出，詩不能太短，一般人寫詩通常不長，詩劇一定得長詩配合，長詩需要大題材，這就給予學生極大的挑戰與壓力。

通常都寫得出來，只是好與不好而已，其中進步最快的是小純，她已寫過一些詩，文字華美，內容較空：

眠

蜷注入那閃著流金的蛹
風雨如箭待發
繪一扇孔雀色的門餘眼皮內側
快呀！土石流般地淚就要俯衝而下
插上你與生俱來的翅

翳著琉璃色的夢就要
迫降
蜷入那餘溫未散的蛹
陽光跨步前
再為虹梯高歌
陽光跨步後
撿斑斑駁駁的羽毛

很用力寫，但要表現的東西很模糊破碎，這種作品很難給建議，寫詩的人通常自信，有時認為世界上只有自己的詩最好，她的詩也不能說不好，但也無法說好吧？有一長段時間，她時常寄詩來，有時一天兩首，我都沒回應，怕傷她自尊，只叫牧民給些叮嚀，牧民是個用心且要求嚴格的人，又能得學弟妹信服，半個學期下來，她有了改變：

靜夜

發呆的倒影滯留在窗櫺

成了一朵淡白趨近透明的雲
白紗的窗簾拍打著胸口的礁石
侵蝕出的傷疤如弦月
寂靜的俯視
那些眼皮上滲出的白沙

偶爾，循著回憶的麵包屑流浪

愛情的模樣縮小為一幅畫
我已放下筆，
不再企圖上色於自己的影子
深藍色的部分未乾
成為了無風的海灣
落單的海鳥在石上成了雕像
已不再儲存那些銀色的羽翼

夢中的沙堡
在海風的眼角邊
都散成了一滴滴古老的廢墟
啊，眼眸裡的夕陽就要隱沒
海水駝著金黃的夢
一次一次，試圖上岸
而最後的船已和地平線親吻。

被染橘的天空
我仍認得出
那畸形的雲朵

夜燈流出無聲的光
地上出現了迷你的銀河
那顆，

我們曾一同餵養的星星，
最後只在你賜我的掌紋中睡著了
你成為了流星，
在雲上留下一個火燒的洞
只留下一些
蘸著微光的願望給我，
而我，又該以什麼形狀許願？

那些即滅的光霽，
都將成為我眼眸裡
滿溢的星空，
而今夜，
我得以最後一次縱身
那流星的喧嘩瀑布
和星星還有綠光……

仰泳。

這首跟之前相比，除了星與光一再重複，詩語的連結性較強，情感鮮明，也漸漸有自己的味道，詩變長是配合詩劇演出，那首表演的詩非常長，這裡就不引用，演出那天小純身穿白衣，畫著很濃的貼亮片藍色眼妝，頭髮別著羽毛，她像一隻純美的小白鴿，她的表情是認真專注的，那已不是以前那個唯美的女孩，在舞台上，她成為她自己，演出之後她又寄來這首，層次與轉折更豐富：

邊境之外

憶起那段日子
心在靜謐中悄然迸裂
裂痕也無聲
如同不斷重播的黑白默劇
被子夜最柔軟的時刻
巧妙包覆

展開成最完美的角度
在索然傾圮的日子裡
第一次感覺到缺口完全滿溢
被揉和過擁有完美彈性的光芒
溫柔充斥

在每條無人的街道遊走
意味著我們都需要長椅和啤酒
在任何事物都容易腐敗的季節
找尋冰箱
渴求著體內溫度的平衡
渴求總有一片海洋
允予在滿布星子的涼夜中裸泳

任何形式都有可能發生

所有的足跡亦可能在荒漠中
隨著無心的風瓦解
獨自赤足站立在黃昏中
對自己影子的輪廓上的芒刺
感到疲乏
在迷失中不斷的分裂重組
或是在昏紅老舊的旅館中
發生的無感性事

直到真正感受到每一根髮絲
都湧入了初成的溪流
才意識到我們已經以某種形式
成為另一個自己
或是世界在想像的另一頭沉睡後
在睡起的朦朧眼神中

幻化出另一種攀滿藤蔓的夢境

而無論如何
我們的步伐都陷入了陌生地泥濘
所有重生的泡泡取決於
呼吸的頻率

最後終於輕輕的掛上話筒
滿出的水沿著電話線流下
我們都聾了
卻在聲響早已乾涸的湖泊中
聽見如凌晨純淨之鳥鳴一般
清脆的鈴鐺。

詩人的成長常是走兩步，退一步，因為非常容易碰到瓶頸，小純讓我想到《紅樓夢》的香菱學詩，剛開始用最笨的方法硬寫，寫不好也不氣餒，就是苦寫苦讀，後來通了，一直往前，希望她不退步，卻步。

詩社與手工書

我寫詩太早，苦於無同好與老師，偏鄉也沒什麼詩社或詩刊，因為都沒有，更加希望擁有，初入大學參加的社團就是詩社，社長是陳家帶，那時他已小有名氣，但詩社聚會就是很隨興，有時兩個，有時三個，社長一人就是全家的也有。有一次只有我們兩個在一個大教室，他要我上台講詩，我說了什麼忘記了，應該是講得很爛，動機性遺忘。

後來我常推學生組詩社，一個文學系不能沒有詩社與劇團，否則迎新晚會只會古詩朗誦或搞笑劇，實在太不文學了。詩朗誦沒什麼不好，應該是詩人讀自己的詩，而不是一堆人以拔高且肉麻的聲音齊誦，我每聽都要作惡夢。

詩社嘛，就是人少少的，但要有一兩個很會寫，一個都沒有就不要組了，只要有一個很強就夠了，林餘佐在東海時組詩社只有三兩人，詩社的存在是精神性的存在，不能沒有，有也不必一大堆，久久出一個詩人就夠了。現在四鬼組的詩社，聚會時常只有三人，後來剩兩人，最後變一人。四鬼不想玩了，讓學弟接，其實只要很強，一人詩社也是可以。

有些詩社人一大堆，像雪球般越滾越大，真正會寫的還是那少數幾個，大有什麼用呢？

以前的詩社集會的目的，是為切磋詩藝。詩這玩意，個別差別大，討論空間也大，喜歡寫詩的在一起論詩進步更快，如今印刷方便又便宜，一本約百頁薄薄的詩刊一本只要幾十元，我們那時是用手寫鋼版，用滾筒自己印，詩刊不必多，二、三十本足矣，作用是紀念冊的性質，可販售也可贈閱。

雖然臉書也有發表平台，但不印詩刊就不像詩社，詩刊要印別致些，跟商業詩書籍區分開來，它就像地下刊物一樣，反抗流行與庸俗。

在二十歲自己印行第一本詩集是恰當的年齡，在七〇年代許多詩人就這樣自費出版自己的詩集，要等出版社印你的詩集不知何年何日，也大多數要自費，在出版社出書花的錢更多，詩較小眾，能賣幾百本算不錯了。而詩是不能等的，乾脆自己來，我在大三開「創作與出版」，就以自費印行自己的處女作為目標，如此把創作資歷拉前，不要小看這破破的小書，有人成名後變成搶手貨，網路標價跟一台新手機差不多，還買不到。

紙本印刷只有越走越性格，且具手感、才能與商業書或電子書區隔，這幾年我力推手工書，並發行第一本詩集，因不趕時間，又費工費時，拖到現在還沒印好，慢工出細活，大家等著看吧，每本純手工，每本不一樣，限量一百至五百，第一本書的作者楊莉敏與黃詣庭合著的《雙摺》，她們在二十六、七歲推出處女作，已有點晚，但如要等商業出版恐怕不知要到何年何月。

我不知這個理念行得通行不通，但就想試看看。

在國外，我見過一個拉丁美洲詩人，用世界語印行自己的詩集，書呈三角形，還可拉成一長串，這樣的書已具有藝術品的味道，另外ALICE AUSTIN作的手工書，可以完全拉開，也可收成方塊或球體，我妹買過一本收藏，要幾百塊美金，我希望書要作得有創意與質感，而且不太貴，好的文學作品本是藝術品，有創意的書也是藝術品，兩者如能合一，豈不妙哉。以下是我的手工書札記，跟大家分享：

手工書札記之一

《芬號500》自二〇一一年六月創辦以來，一直以臉書副刊作基礎，目標卻朝向限量手工書出版進行，不跟隨商業出版的模式，不以營利為目的（但也不要一本就賠光），因此作書的速度很慢很慢。

如今第一本書即將問世，在今年與美如、國榮這對奇人夫婦談成合作之事，真是人生一大快事。二十年前國榮是個印刷工人，來中文系陪讀旁聽四年，無酬無怨地出版《距離》雜誌，印行十幾年，甘耀明、徐國能、陳慶元、李崇建……就是這樣練功出身；如今國榮還是印刷工人，娶了一個九十九分的太太（人無完美），最先是被她的廚藝嚇到，再怎麼說我的美食經驗也是有背景的（其實只是家人都很愛吃），然後是她對美的感受力還有生活的禪意。

一對雅人來作手工書能不雅嗎？美如說每一本百分之百手工，每一本都不一樣，聽起來真是太好吃了！

手工書札記之二

為什麼要作手工書？當台灣每年出版書量超過四萬，有些書才上櫃就被撤下來，有些書連上櫃的機會也沒有。

當買到書一點喜悅感也沒有，出書也跟沒出一樣，我懷念那個擁有一本書像得到寶物的年代，包書皮蓋印章，一本書傳來傳去，後來捲了邊上面還有飯粒、油漬。

當文學書變得很小眾，那些賣不到一千本的書，就不必印兩三千，否則最後便成庫存壓力，再最後被絞成紙漿，對作者來說跟下阿鼻地獄一般恐怖。

我喜歡鉛字排版印刷，國榮一邊喝著索甸酒一面告訴我：「那早已被淘汰了，現在都是平版印刷，就像照相管的機器，有的再加長一點，咻咻就出來了！」

我喜歡鉛字，鉛字排版，我懷疑年輕時愛上當報社編輯，只是喜歡排版房那些鉛字，及濃厚的油墨味，還有排版工人其快無比的撿字手。

「難道全台灣都找不到那種印刷機了？」

「聽說花蓮有一台。」美如說。

我感到另一種時代的無情。

所以，我寧願去二手店買書，摸著舊書上突出的排版印刷字體，泛黃的紙張，讀書的快感又回來了。

手工書札記之三

你到底想賣什麼？你會作生意嗎？有成本概念？投資報酬率？你連資金也

沒有，只有前年拿到的獎金可以賠，用完就沒了。

只是想實現一個理念，一個夢想，為沒機會出書的新人出第一本書，有機會在商業出版社出書的就不必了。

一本書印一百至五百本，用貼近本錢的書價賣出，預售多少就印多少，當然文章先得過我們編輯群這關，一本書的成本至少五萬，一百本就算全部賣出，也是要貼幾萬，這樣看能撐多久？

這不是自殺印書法嗎？

我沒想那麼多，就是要走地下。

地下的生存法則就是死裡求生。

手工書札記之四

我不擅長保存東西，這幾天找印章，翻到前年美如與國榮送我的賀年卡，拍的是他們家的牆壁，三個可愛的特大剪紙貼在牆上，構成三隻老虎的可愛畫面，想必是美如剪的，好個虎年，兩隻大虎代表國榮、美如，小虎則是他們有著迷人眼睛的七歲兒子。長睫毛又濃又長，比媚伯琳廣告還誇張，有次他自己拿剪刀把睫毛剪去一截，因為啊，大家都愛問他：「你的睫毛怎麼這麼長啊！

好像女生哦。」他身上的大紅外套亦是美如作的，穿著更像女生，可也真好看。

室內的木作與傢俱大多自製，清簡的布置有禪風。那天的食物有醉雞、蛋捲、肉捲、菜捲好多捲，清爽可口，排骨湯也好喝。但我聽見男士們的ＯＳ：「吃不飽啊，如果來碗白飯澆點肉汁多好。」的確這些輕食較適合女生，尤其合我胃口。家常菜最難作得出色，美如擅把家常菜作出本色的美味，一般魯男子哪裡懂得？

飯後是台茶十八號紅茶，配日出的花生酥與鳳梨酥，真是太經典了，國榮未免太好命！

小說是複雜的藝術

如果詩與散文是單純的藝術，那麼小說是複雜的藝術，也是人的藝術，小說家的本事是把人寫活，如果能創造一個平行世界，彼世界比此世界還吸引人，那麼就不枉稱為小說家。

小說因為這樣必須具備多樣能力，進入的門檻也高些，他要有散文的文體，詩的疏離感，還要有故事感，對話寫作能力，敘述觀點的掌握與變化，主題的深度，這些都是基本要素，所以小說家的養成期比較長，有些天生會寫小說的，通常很小就開始寫，長達數年或十年以上才有成熟的作品產生，類型容易上手，因它有個套式，只要照著模仿就能有三分樣。

有人說小說是時空的藝術，一般人想到時間，就是一日挨一日的歷史時間（順序），或回憶式的回溯時間（倒敘），其他至少還有神話時間（圓形回歸）、冒險時間（鎖鍊式）、夢境時間（超現實）、顯微時間（意識流）……，光時間就這麼複雜，小說世界有時比現實世界還複雜，連肉眼看不到的心靈世界也能具體顯現。

在空間上，大還不是問題，如何讓場景活起來也是要下功夫，場景有時與情節相等，那是遊記小說了，場景要寫得有氣氛，氣氛是什麼呢？它跟氣質與氣韻相通，氣質是表現在人身上美好的特質；氣韻是表現在藝術品上美好的特質，氣氛則表現在空間上的美好特質，是感官細節選擇性的組合，如白先勇〈血一般紅的杜鵑〉，經由小女孩的紅衣、紅色紙風車、紅金魚、紅杜鵑，透過顏色的組合，讓它成為一篇有氣氛的小說。

有些場景如咖啡屋、旅館、食堂……都是小說家愛用的場景，咖啡屋除了各式各樣的人來來往往，它本身就充滿感官刺激，有咖啡香味（嗅覺），柔和的燈光（視覺），舒服的沙發（觸覺），好吃的食物（味覺），浪漫的音樂（聽覺），但這場景被使用過度，還需開發新的。集中單一官覺如《香水》（嗅覺），寫出巴黎的另一側面，讀後令人的嗅覺活躍起來，看到什麼東西都想聞一聞，這是一篇特有氣氛的小說。

有些場景與主題緊密相連，如海明威《老人與海》，裡面的大海具有象徵意義，它有大自然與天的指涉，老人與（大魚）大海搏鬥，最後捕到大魚，有人定勝天的意味；而《石頭記》中的石頭，有靈性、法力、歷劫的意涵，大觀園是一個世界的縮影，裡面的人經歷過春夏秋冬，呈現生命生住異滅的過程，這裡面的場景大多有寓意存在，你能說場景不重要嗎？

知道搭設場景，掌握氣氛，大約已是老手了。

要說寫小說哪一項技能最重要，我會說是人，因為要把人寫活很難，初初寫小說，常常以情節為中心，把心思放在如何講一個故事，很少人能把故事說得有新意，大多是老套，為值得一寫的人物寫小說，比為值得一寫的故事寫小說容易成功，人物成功，情節弱，讀者可能還會原諒，情節曲折，人物是死的，看完沒有印象。

人物、情節都好，成功一大半，如果對話鮮活、觀點恰當，場景細緻、主題深刻，那必然是傑作，人物、情節、對話、觀點、場景、主題是小說的六大元素，要面面俱到，需要有想像力與思想組織能力，如果有第三眼（靈視）那就更好了，靈視不是能看見超自然，而是代入他人他物的能力，彷如上身，有人沒經歷過的事不熟識的人，能寫得彷如親見，即是靈視的作用。

我有個學生第一次寫小說即上手，他寫一個為迷上收集扭蛋的中學女生，出賣自己的身體，買她的是一個中學初戀愛上女同志的中年男子，看到她出櫃的新聞，找小女生買春以逃避挫折，過程寫得很有心理層次，人物也算成功，作者只是二十歲的大學學生，沒有買春的經驗，如何寫十幾歲的小女生與挫敗的中年男子呢？因他住萬華，又常在補習街混，看過類似的人物，把他們從不同地方組合在一起，在短短五千字中，能把六元素都顧到，確實不容易。他用的是第一人稱觀點，時間是順序加倒敘，主題是表現人生存內心的空洞永遠填不滿，這個主題不新鮮，但因人物鮮活，加分不少。

失敗的小說通常是靜態要不一直節外生枝，開頭通常是天空的描寫要不就是鬧鐘叫了，他起床，慢慢伸展他的身體，然後走到浴室的鏡子前，看著自己的臉想起小時候或從前，沉溺在悲傷的往事中，這樣一寫都四五千了，規定的字數到了，於是趕快出門，一出門就被車子撞死。

要不寫一個變態殺手，也不知他是怎麼變態，他先殺了妹妹，再殺另一個雙胞胎妹妹，再殺爸爸，最後殺媽媽，篇幅通常很長，他自己寫得很爽，讀者則處於被虐待的狀況，這種小說有什麼值得寫的？想表達什麼他自己也不清楚吧！如果想發洩的話，去跑個三千公尺比較快，沒人想看這種自駭害人的小說。

小說要表達的通常是人性，變態是人性的一種，但因果關係很重要，重點在他如何從常態走向變態，他殺多少人不重要，因果關係即邏輯，符合邏輯就有情理可言，情節根植於情理之中，結局在意料之外是好故事，相反的，情節在情理之外，結局在意料之中則是爛故事。

初寫小說者常忽視觀點的運用，無意識地使用第一人稱與全知全能觀點，如果故事本身很普通，也可從觀點變化來強化，如芥川龍之介的〈竹籔中〉，寫的是強盜覬覦武士妻的美色，武士被殺或自殺的故事。故事很單純，作者使用多元觀點，分別由強盜、武士鬼魂、武士妻、樵夫（目擊者）、巫師的觀點說出不同的故事，到底哪個是真相，只有讓讀者自己判斷，後來這小說被改編成電影《羅生門》，「羅生門」成為沒有真相的代名詞。

懂得變換觀點對小說更是點石成金，像白先勇的《台北人》中同是寫風塵女子，〈永遠的尹雪豔〉使用的是客觀觀點，讓人讀不到尹雪豔的內心，使得主角變得神祕高深莫測，其實一個煙花女子的內心太多人寫過，已不新鮮，也不能太高尚，但因是隔著一層紗看她，更覺是絕美的女神；另外一篇〈金大班的最後一夜〉，使用的是第三稱限制觀點，也就是主角的裡裡外外都讓人看得一清二楚，像聚光燈只打在她一人身上，這是較容易把人寫活的觀點，一般人通常通行無阻進入每個人物的內心，那就變成全知全能觀點了，全知較適用在長篇小說，因為一下寫他的內心世界，一下又跳入另一人的內心世界，造成結構分裂；另一篇〈孤戀花〉使用的是旁觀觀點，藉由次要角色訴說主要角色的故事，因為觀點的轉折更大，讀來更隱微。

小說的配備要這麼多，一步一步慢慢來吧！

觀察與創造人物

寫小說的首要任務是把人物寫活，為了要寫活人物，小說家都有自己觀察人物的方法，也有那完全活在自己世界的小說家如卡夫卡，然他的內心世界極為廣闊，他創造的人物K，是作家自己也是集體的人，充滿象徵意味，他的疏離與怪誕，已經成為超現實小說的經典人物。

作家也有內向與外向的區別，內向者長於內省與冥想，創造出異次元的世界，如卡夫卡、赫拉巴爾、赫曼赫塞……都是偏內向的人，他們創造的人物也許沒那麼寫實，但都具有象徵意義與哲學內涵；海明威、雨果、左拉都是偏外向的人，他們喜歡與人接觸，活動力十足，長於描繪社會百態與眾生相。不管內向或外向，他們關注人性，洞察人性，這一點是相同的。

你要觀察過千百人，才能形成一個值得一寫的人物。Character這個字有角色、人物的意思，也有個性的意思，這意謂小說人物必得是有個性的人物，而個性是經過選擇與重新組合，他非A非B，而是ABCD……的組合，Character＝Choice，這選擇有三個層次，第一是作者選擇什麼樣的人物作為他小說的主角；第二是作者選擇什麼樣的特性作為人物的個性；第三是人物作什麼選擇？

我們的人生是一連串選擇的過程，從選擇中最能顯現一個人物的個性：在理想與現實中他選擇哪一個，在愛情上他選擇愛情或麵包，有些人嚴選一邊，有些人兩個都要，有些不願選擇，不管怎樣的選擇都能展現人性。

吳承恩沒太多旅行的經驗，他憑什麼寫唐三藏取經的《西遊記》？他在老家的山坡上布置了一些景觀摹擬火燄山、金絲洞、黃風嶺……的模型，想像五行者的取經旅程。

為了寫活孫悟空的猴樣，他觀察過無數隻猴子，並畫了不下百張的猴子圖，相同的，鄉下多的是豬，他可能也畫過豬，所以能寫活半獸人孫悟空與豬八戒。作者是個鄉下人，看多中國人的德性，如果孫悟空代表懷才不遇的幹才，豬八戒就是專搞破壞的澎風人物，一個是準君子，一個是真小人，而唐僧代表的是懦弱無能的昏君，他們雖各有缺陷，但都無傷大雅，有時還讓我們發笑，這是作者創造人物的天才，讓小說具有不可言喻的魅力。

我們通常看得見自己，或自己親近的人，但那種看只是表面的，在人群中也只注意到漂亮出鋒頭的人物，但這些可能都不是小說人物的好標的，小說要寫好的是他人，熟悉又陌生的異我，他可能投射你，但不是你，如果他能投射出越多的人，那個人物必然成立。

他一旦成立，他會說什麼樣的話？走路的樣子，喜歡什麼樣的女人，討厭吃些什麼，他的憤怒與喜悅，好像程式設定一樣，自動出現，什麼樣的人就會發生什麼樣的故事，人物成功，情節會跟著來。

人性的知識懂越多越好，還要能活用化為文字，一進入陌生場景，注意那些普通人及不被注意的人，再普通的人，都有一些怪怪的地方，看來髒髒的男生，有一雙秀氣纖白的手，頭低低沉默的女生，穿一雙印有卡通圖案的粉紅色跑步鞋，有個人頭很大身體很瘦，有個人走路內八到不行；觀察這些小細節，作一個人物素描，常作這個功課，人物觀察與刻劃能力越強。

人物刻劃分直接刻劃與間接刻劃。直接刻劃是作者直接說出人物的個性，也稱為傳記法，像章回小說一開場用的是幾筆就把人物說完了，既是直接就又命中要害，像潘金蓮一上場，作者描寫「從頭看到腳風流往下跑，從腳看到頭風流往上流」，又張愛玲描寫人嘴唇厚「切下來有一大盤」，小市民則是「前面跟後面差不多」，描寫一個單身的女講師，蒼白的手臂沒有款式，像擠出來的牙膏：身著白旗袍滾藍邊，整個人像則訃聞。

間接刻劃方法可多了，對話、動作、心理描寫、內心獨白、夢境……，因為不直接說破，讓讀者更有想像空間。

如果人物多的話，人物的出場順序很重要，像《虯髯客傳》，寫的是各式各樣的英雄，有智謀型的李靖，慧眼識英雄的紅拂女，會算天命的劉文靜，器識過人的虯髯客，以及真命天子李世民，作者採人外有人，天外有天的方式，一個牽一個，李靖已夠厲害，但如果沒有紅拂的慧眼與膽識，夜奔李靖，這也考驗李靖的眼光是否不凡，勇氣是否過人，當他們碰到虯髯客，此人有異相，滿臉捲曲的鬍子，騎著一頭跛驢，只有紅拂看出他的不凡，他們都有意於天下，但劉文靜牽出李世民，讓虯髯一見心死。這種人物出場方式，後來為許多武俠小說套用，最厲害的總在最後出現。

《紅樓夢》的出場序也很有意思，由主角林黛玉入大觀園開始，透過她的眼睛，讓主要人物出場，分別是賈母，王夫人，春字輩三姊妹（一豐一瘦一小），在她們的口中提到鳳辣子時，她人未到聲先到，這種人通常開朗善於逢迎；這時大家提起家中有個「混世魔王」，黛玉也早聽說有一個含玉出生的奇人，製造了預期效果，結果寶玉上場時，看來好天真，他對黛玉說：「這個妹妹我見過。」並幫她取小名「顰顰」，問她有玉沒？黛玉說沒時，他開始發瘋摔玉。紅樓人物這麼多，如何讓人物一出場就發光發亮，得費一番巧思。

一般人很少是絕對的，個性變來變去，小說人物的個性一旦設定好，就貫徹始終，不隨意改變，如此當悲劇發生時，才會讓人痛心，他或她為什麼這麼執著呢？不執著那就不是小說人物了。

人物的特性設定好，還要一些動機處理，也就是說人物是帶著一個夢想或因果來的，如黛玉是來還淚的，因為她是絳珠仙草，而賈寶玉是神瑛侍者脫胎而成，對絳珠仙草有灌溉之恩，黛玉在書中常是哭著的，最後也是淚盡而逝。人物帶著動機來，而且還十分強烈，如果可有可無，這個人物不會勇猛前進，他的前進帶動故事的進展，好的小說活力充沛，像一支射出的箭不再回頭；壞小說有氣沒力，自己都說服不了自己。

動機處理就像加油般，你催到底，車子飛奔向前，動機不足的，就是隨時都沒油或漏油，常常會停駛不前，或原地打轉，譬如說殺人吧！沒有人一生下來就想殺人，就算是臨時起意也有強烈的動機，哈姆雷特為什麼要殺死篡位的叔叔，因為他殺死父親，娶了母親，他要復仇，非殺不可，但他的個性就是優柔寡斷，該殺不殺，結果死在仇人毒箭下。希臘悲劇《美迪亞》，美迪亞因為丈夫的背叛，又即將被驅逐，毒殺情敵，但為什麼連自己的孩子都要殺呢？以情理上來說太過了，難道她沒有人性，對，她不是一般人，她是神人，神怎能忍受凡人的欺凌與背叛，因此她要切斷一切，回到神的國度去，找回神的威嚴。神的復仇更是威力驚人。

有了強烈動機，還需要情緒醞釀，一而再地刺激與加強，使得非如此不可，所得到的結局讓人不意外，但震驚，如哈姆雷特因為裝瘋，造成情人的自殺，讓他邁向真正的瘋狂，他說：「生存還是毀滅，這是個問題。」（To be, or not to be; that's the question.）變成戲劇史上流傳最廣的台詞之一，他瘋了，最後被殺死了，而其過程比死還要痛苦，這是人物的情緒的積累造成的張力。

個性加上動機加上情緒等於創造性人物，因此小說人物的刻劃是最能考驗作家實力的。

故事感

情節是小說的第二個要素，寫實小說重情節，現代主義小說反情節，重虛構。寫實與虛構是小說並存的兩極，當我們說小說是Fiction時，那是回返小說的本質，當小說被稱為Novel時，它就帶有新奇或寫實的意味。不管虛構或寫實都需要強大的想像力，小說不管情節多寡，擅不擅於講故事，小說家還是要有故事感。

我們是吃故事長大的，當我們小時候也多少會講故事，但教育體制並不鼓勵這方面的成長，於是我們漸漸喪失說故事的能力，它跑進我們的夢中，夢有人物、情節、對話、場景……那是誰作的？不就是你嗎？

要找回自己說故事的能力，從記錄自己的夢是個不錯的開始，精彩的夢比現實人生還要精彩，好的故事有梗，有吸引人的魅力，還要有畫面感。

情節是由衝突與解決構成的，衝突有內在、外在，也有深淺之分，淺如好人與壞人，公主與巫婆，越隱微而具體的衝突越吸引人，如米蘭昆德拉的《生命中不能承受之輕》，主要由輕與重，靈與肉的衝突構成，他把小說的結構都打散了，然還是有故事在其中。人生的衝突大多半途而廢，或者不了了之，但小說的衝突必須解決。

當小說不說故事之後，故事並不會消失，它跑進媒體與連續劇和電影中，人們渴望好的故事如同渴望好的糧食。

故事是按照時間順序排列的事件，情節是按照因果關係排列的事件。好的情節自然、真實、驚喜、懸疑，壞的情節通常不合情理，除非是荒謬劇。

小說的開端最重要，所謂開端是前面沒有事件發生，後面必有事件的那個點才是開端。一般人總是開得太慢，從突如其來，暴風雨即將來臨的那個點開始最好。托爾斯泰寫《安娜卡列尼娜》時，人物情節都想好了，就差一個好的開端，為此擱置一年，有一天他讀到一本小說，開端是「客人都抵達某某人家客廳……」，托氏看了馬上出現小說的開端：「幸福的家庭都是相似的，不幸的家庭各有各的不幸。

奧布隆斯基家裡一切都混亂了。妻子發覺丈夫和他們家從前的法國女家庭教師有曖昧關系，她向丈夫聲明她不能和他再在一個屋子裡住下去了。這樣的狀態已經繼續了三天，不只是夫妻兩個，就是他們全家和僕人都為此感到痛苦。家裡的每個人都覺得他們住在一起沒有意思，而且覺得就是在任何客店裡萍水相逢的人也都比他們，奧布隆斯基全家和僕人更情投意合。」前面兩句雖是靜態的描述，卻成為警句或名言。如果你也有就一兩句，如沒有直接切入事件。

早在亞里斯多德的《詩學》裡，就說明情節是動態的，是為有所發現而設，發現某種人生的真相，情節於是逆轉直下，當安娜卡列尼娜發現她的不忠換來另一個不忠，她陷入癲狂，最後臥軌死於火車輪下，而火車恰恰是她與情郎初會的所在。情節扣得很好，緊湊而驚心動魄，作者非常入戲，寫活一個為愛癡狂的女人。

情節因一連串的衝突節節升高，直至高潮（Climax），Climax這個字即有階梯的意思，高潮是階梯的最高階，然後降下來。因此好的小說情節就像走樓梯一樣，到了高潮點，急速下降，而結得酣暢淋漓，不囉唆。

戲劇性是情節的靈魂，小說家是半個戲子，如果他不入戲，如何寫活他人？這是為什麼小說家要多看戲，較早以戲劇為小說軸心的是《紅樓夢》，把戲劇作為人生的隱喻，並將戲文與戲劇性納入文本，如《牡丹亭》、《西廂記》……太多了，這種戲文與正文交織的高手有白先勇、張愛玲，他們都懂得戲劇的精髓，並化入小說中。戲劇本身已是太好的隱喻，但要懂戲不簡單，其次是電影，電影的畫面構成與鏡頭移動，光影與顏色、小道具、小動作都是可以借用的技巧。

經典的電影或舞台劇本，或許情節節奏較慢，但戲劇性衝突彷如天造地設，對白也很講究，細讀幾個劇本對寫小說大有幫助。

我在大學時期讀完莎士比亞全集，讀時每每為其中的人物與對白心醉，還在日記中寫心得，戲劇對我最大的幫助，除了人物與對話寫作，那就是透過表演開發自己也不知的潛能，在劇場中，內向的人初初開始時最痛苦，口條差的根本沒資格當演員，但你可以當導演或幕後啊，只要進入劇場，就得學會與人溝通合作，寫作是獨立作業，劇場需要團隊精神，就算跟對方翻臉，還能演對手戲，這就是專業。實驗劇場不講究情節與對白，但舞台性還是重要的，當人進入他人或非我的狀態，戲就產生了，它是由摹仿、情感釀造、或肢體動作而產生的藝術，當你塑造一個人物時，要讓他活起來，也要經歷這些歷程。

如何講個有意思的故事，不如說你選擇如何講故事，是像古代說書人那樣，還是十八世紀浪漫主義強調的個人，或者十九世紀的寫實主義強調的反映社會，二十世紀的現代主義強調的意識流，或後現代的解構……，不管選擇那種，故事感總是要有的。

小說拋棄故事，讓讀者紛紛落跑，還是把故事撿回來吧！

對話藝術

對話在小說中的地位極為重要，它占小說的一部分，或五分之一或六分之一，對話寫壞，這五分之一與六分之一全毀，好的對話讓人咀嚼無窮，壞的對話（其實是廢話）讓人拚命翻頁跳過。

有次文學獎看到一篇不錯的小說，七八十歲對岸來的老奶奶不適應台灣的生活，這天她又摸黑起床出門散步，一出門踢到一個石頭摔一跤，奶奶罵一聲：「遜斃了！」，這是真的，這絕對是真的。還有全校長得最風流瀟灑的帥哥遇上美如天仙的校花，他們含情脈脈地展開對話：

「你要去哪裡？」

「我要去吃飯。」

「你都吃哪一家？」

「佳佳。」

「嗯，他們家的菜色不錯，我尤其喜歡炸雞排。」

「原來你也喜歡炸雞排，那我可以介紹另一家……」

這是真的，絕對是真的。許多人寫對話都在講廢話也是真的。對話不好寫，因它們是口語，除非記憶力特別好，否則對話靠收集或偷聽而來。行有行話，黑道有「切口」，警察為了拆解黑道的切口，尚且要編字典，寫小說的人不僅對文字敏感對語言更警覺，聽到好的對話就記下來，越是非禮勿聽之處越要偷聽。

小說的語言分為敘述人的語言與人物的語言，前者是間接的語言，後者是直接的語言，直接的語言比間接的語言更能表現個性，當人物一講起話，戲台就出現了，他或許獨白或許與人對話，口語能傳達一個人的年齡、身分、地位、個性等等重要訊息。然人物的語言不等於對話，人物的心靈獨白就不算，人物演講不算，人物開會，各說各話也不算，只有有交集的才稱為對話，如果能針鋒相對，舌燦蓮花更好，好的對話生動、鮮活、幽默、發人深省，許多好的對白可以讓我們記一輩子。

對話在小說中除了是戲劇場面的出現，還具有幾個任務：

1. 表現個性：個性慢的說話慢句子短，個性急的說話快句子長，個性軟弱的喜歡說「你覺得我……」「你要我……」「你幫我……」；個性強硬的喜歡說「我要你……」「我就是要……」，滿嘴我要如何。說話最能表現一個人的性情，張愛玲《金鎖記》的曹七巧，說話刻薄又討人厭，成為她的致命傷。

2. 表達情緒：人物的喜怒哀樂，各人的表現方式不同，個性越強悍的人，在發怒與悲哀時更加瘋狂。

3. 推進情節：如時間過了一年，敘述要大費周章，用對話來帶：「時間過得真快，上次見面是去年秋湍，又過了一年。」如此節省許多篇幅；又上一場還是吵架你來我往的，下一場並排坐在一起看星星夢話未來，對話的出現本來就為讓情節縮編，而不流為冗長的靜態描述，所以盡量讓人物說話吧。

4. 埋藏伏筆：有時看來是不經心的一句話，卻為這個人物的未來埋下伏筆，像寶玉每每生氣難過時都會說：「……我當和尚去。」雖然早本他沒出家，淪落為街兵，可下場比當和尚還慘。這句話預示他的未來，當我們看到後萊，回想他以前說過的話，更是感慨萬千。

5. 預示災難：小說一波未平一波又起，一個災難接著一個災難，暴風雨前必有徵兆，讓它在對話中顯現，作者切莫雞婆。

6. 預示結局：結局是悲劇還是喜劇，在開始讀時就知道一些，讓所有的暗示分布在對話中，如此一切顯得更無法抵擋且更合情合理。

7. 製造氣氛：有些對話製造一些鬼魅或歡樂的氣氛，讓我們如親臨其境，對話不僅邀請小說人物參加，也邀請讀者加入。

一篇小說能達到兩三個任務已不尋常，如能達成所有任務一定是傑作。如《西遊記》的對話摹仿童言童語，小孩說話短喜重複，孫悟空的口頭禪是「不濟，不濟！」「我是你外公的外公」，表現他好勝的個性；豬八戒動不動就喊「散伙，散伙！」顯露他見風就躲的個性；唐僧滿口「善哉，善哉」其實是沒用的膽小鬼。明代人早已知道如何寫對話，後世的我們怎能不迎頭趕上？

白先勇的《遊園驚夢》中的錢夫人原是崑曲名角，嫁給年老的錢將軍為填房，年輕輕就守寡，在一次梨園姊妹聚會中，她遇到年輕的程參謀，並表演一段曲，在歌唱中往事與今日交錯，在她的幻想中，她的夢作到極點，情節也拉到高潮，她的聲音啞了，唱不出聲來，這裡面歌詞、內心獨白、幻想，對話交織，這裡面的語言很複雜，但小說的技藝就透過人物的多種語言顯現：

遷延，這衷懷那處言；

淹煎，潑殘生除問天——

就在那一刻，潑殘生——就在那一刻，她坐到他身邊，一身大金大紅的，就是那一刻，那兩張醉紅的面孔漸漸的湊攏在一起，就在那一刻，我看到了他們的眼睛：她的眼睛，他的眼睛。完了，我知道，就在那一刻，除問天——（吳師傅，我的嗓子。）完了，我的喉嚨，摸摸我的喉嚨，在發抖嗎？完了，在發抖嗎？天——（吳師傅，我唱不出來了。）天——完了，榮華富貴可是我只活過一次，——冤孽、冤孽、冤孽——天——（吳師傅，我的嗓子。）——就在那一刻：就在那一刻，啞掉了——天——天——天——

短短的一段描寫，達成表現個性、表達情緒、推進情節、埋藏伏筆、預示災難、預示結局、製造氣氛等七個任務，如果透過敘述人的語言描寫一定冗長而間接，無法如此糾結與深刻，而且濃縮凝鍊，表現小說高度壓縮的能力。

極短篇

小說至今只有兩個主要基型，一是長篇，一是短篇，極短篇與中篇是較新的類型，而且尚未理論化，一個類型要成立，需要幾個條件，一是作品大量湧現，質與量俱優，再來是名家與大家出現，然後進入選集與理論化，建立其特有的美學。

短篇與長篇都已通過這諸多的考驗，已經理論化。極短篇與中篇都是二十世紀現代主義與藝術下的產物，歷史還年輕，有作品、名家都尚未理論化。因此對此新類型，產生諸多誤解，要寫小說就要區別它們的不同，每個類型各有其藝術特徵，其差別如同樣是繪畫，素描、水彩、油畫、多媒材之區別，它們著重的技巧各有不同，因此懂得類型區別，才入得了門。

一般小說家初寫小說，長的短的中的都寫，不能集中火力發展自己的特色，短篇寫手通常機智且自制力好；長篇小說像馬拉松選手，生命力旺盛而氣長。能寫好短篇的不一定能寫好長篇，寫好長篇的也不一定能寫好短篇。能夠短、中、長皆好的不多。能寫如張愛玲，最好的是中篇，如《金鎖記》、《第一爐香》、《紅玫瑰與白玫瑰》、《傾城之戀》、《小艾》都是禁得起時間考驗的作品，但她的第一本小說集《傳奇》就夾雜短篇、中篇、長篇。對類型還未能自覺，但《金鎖記》是個長篇題材，寫成中篇最恰當，但她還是覺得沒寫完，後來添枝加葉成為長篇《怨女》，卻沒中篇好看，為什麼呢？因為它就是中篇題材，只能寫成中篇。

其中，最符合短篇藝術特徵的是《封鎖》，這是為什麼胡蘭成讀了直起身子的原因，它是短篇佳構也是傑作。

極短篇又稱小小說、微型小說、掌篇小說、花邊小說……，目前雖還未理論化，但它正式出現的時間在一九一五至一九二〇前後，跟現代藝術與報刊的需求有密切關係，現代藝術講究實驗與反叛，彼時的小說主流是長篇小說，常以連載的方式出現，於是有人寫了一篇〈連載小說外一章〉全文不過幾百，描寫一個叫羅伯特的人，他整天在巴黎遊盪，喜歡講什麼東西好吃，哪個餐廳好，他卻吃得很差；他會開很久的車去看一個人，跟他說「某某人問候你」其實他一個朋友也沒有；他整天忙碌不堪，其實他根本沒有事真的要作，讓羅伯特留在這個城市吧，別管他！

這篇文章獲得許多共鳴，他就像我們都認識的人，而它是如此短，報刊主編最需要這種文章塞報屁股，以前放笑話或鄉野怪談的地方變成極短篇的棲息地。另外一篇引人注意的是〈六行體〉，法文六行中文翻譯只有兩三行，其中一則寫一個人跟著送葬隊伍送朋友出葬，因為過度傷心死在半路，變成被送葬者。像這樣的小說，引人談論一時，很少人認真對待它們。

一九一五年左右美國出了一個奧亨利，他寫的小故事總有幾百篇，有幾篇膾炙人口，像〈聖誕禮物〉、〈最後一片葉子〉……，當時的人認為他寫的人物很像漫畫，情節常出神入化，不知如何歸類，現在來看，他寫的是極短篇，他可說是極短篇之王。

另外在俄國出了契可夫與屠格涅夫，屠氏有一本名為《散文詩》的作品，裡面有些如散文般的小故事，其中有一篇寫一個獵人帶著一隻獵狗到森林打獵，一隻學飛的雛鳥掉到地上，獵狗欲撲上前去，但見母鳥從樹上飛撲下來保護雛鳥，獵狗因而卻步不敢撲上前去，作者結尾說萬物有靈，心靈相通，勇猛的獵狗也震懾於母愛的偉力，令人深思。擅寫長篇的屠氏寫的這些令人迷惘的作品，其實也是極短篇的一種。

從以上來看，極短篇至目前至少有三種：一是強調戲劇性，如奧亨利的小說具有新穎的故事意念，嚴謹的結構，及突爆或驚愕的結局；第二種是散文詩式，它不以情節為中心，捕捉的是生命中微妙的片刻，像詩意的散文，川端康成的掌篇小說大多屬於此類；另一種是強調實驗性，它在形式或語言或篇幅上作實驗，看來新穎而迷人。

不管是哪一種，極短篇的特徵在它的結尾，如果短篇的結構是開端——高潮——結尾，那麼極短篇的結構特徵是高潮等於結尾。它必須短，短到讓你思索不及，猶如當頭棒喝。短不一定是字數少，用字數來規定長篇、短篇、極短篇是最偷懶的辦法，應找出它們的藝術特徵。

極短篇追求的是快速與暈染之美，是快餐文學發展出來的東西，它要成為文學，就必須具有文學性與某種難度，否則它跟笑話沒兩樣。所謂文學性，除了文字好，還要能捕捉微妙的人性，因為文學即人學。

許多人對極短篇有許多誤解，可列舉如下：

一、極短篇像詩一樣，是最難寫的小說

只要是文學，沒有好寫的，但極短篇並非最難，我倒覺得它很適合作為小說入門，因為它的篇幅短更好操作，而且可以學到如何客觀寫作，因為寫小說最怕自我耽溺，極短篇通常寫的是別人的故事，只要掌握要點，寫極短篇可以多作練習，我也寫過一些極短篇，在課堂上要求學生從極短篇寫起，大約多能完成，有的人還欲罷不能連寫好幾篇。

二、極短篇不能寫大時空的題材

看你怎麼轉換，如果能用幾筆讓人感到大時空的存在，為什麼不能？像契可夫有篇〈賭〉，寫的是一個銀行家與律師辯論死刑與坐牢哪個較不人道，律師堅決主張廢死，銀行家認為坐牢更痛苦，律師年輕氣盛跟他打賭：「我讓你關二十年，如果坐得住，你全部的家產給我。」賭注成立，律師被關進銀行家後院的小房子，剛開始他努力讓自己快樂，學樂器、看書、作運動，幾年後開始沮喪躁動，這時他要求看些哲學的書，然後天文、地理、歷史、神學，他變得越來越安靜，常常在房子裡走來走去沉思冥想，如此過了二十年，就在期限將至，銀行家起了殺機，他不願意失去他的財產，於是在前一夜潛入小屋想殺死律師，當他進入屋中，看到律師趴在桌上睡著了，似乎寫些什麼，經過二十年、他的頭髮全白，披散著長髮，人瘦到皮包骨，簡直活僵屍，他走到律師背後，好奇他寫些什麼？把他寫的文章抽出來看，他寫著這長久被關的心情，以及閱讀過許多書籍對生命的領悟，他感到滿足，但對人生有著沉痛的看法，他呼喊著：「愚蠢的人們啊！你們還不能領悟自己的愚蠢嗎？人生就是牢獄，沒有真正的自由可言，為了唾棄這可悲的人世，我將在明天一早逃出這個屋子。」銀行家讀到這裡羞愧汗如雨下，默默走出小屋，隔天清早，也就是到期那天，僕傭來報告，律師逃走了。

翻譯過的全文大約兩三千，讀時我們也覺得時間好漫長，誰說不能寫大時空？

三、一定要有突爆或驚愕的結局嗎？

有些散文詩式的極短篇，就不一定要有突爆，但因極短篇的重點在結尾，也是要有意味深長的結局。如川端康成的掌篇大多像散文詩，有些幾乎沒有情節，有一篇描寫盲眼的祖父與小孫子對坐在客廳，從白天坐到黃昏幾乎沒有什麼事發生，只有陽光慢慢移動，祖父的臉會隨著陽光移動角度，小孫子覺得祖父彷彿可以看見什麼。這個極短篇極幽微，濃濃的詩意，小孩的感悟是天真也驚奇。

四、一定要有宏偉的主題嗎？

有的極短篇以趣味性為主，但它跟笑話不同，捕捉的還是幽微的人性，像〈衣冠造人〉講的是一群小偷去闖空門，兩個進去，一個把風，把風的穿警察服作偽裝，開始有點心虛，直到有小孩跟他說「警察叔叔好！」他想難道我看起來這麼像警察？於是當真的警察巡邏至此，他們互打招呼，居然沒被發現，他想，可見我真是天生當警察的命，於是他扶老太太過馬路，甚至看也沒看她包包中露出的皮包，當他的兄弟們洗劫後出來對他說：「快走，得手了！」他對他們說：「別動！你們被捕了，我以警察的名義逮捕你們。」

極短篇的文類尚年輕，可發展的空間還很大，有志者一起努力！

短篇

短篇的出現約在十九世紀下半葉，以「美唐之夜」為分水嶺，一八八〇年，左拉的《娜娜》獲得空前的成功，在美唐舉行慶功晚宴，在座皆是有名的作家，只有莫泊桑籍籍無名，大家只知他是福樓拜的徒弟，酒足飯飽後，大家泛舟塞納河上，因美景當前，有人提議應該來個講故事比賽，既是作家，遊戲規則要嚴格一些，說好以普法戰爭為背景，左拉先說了一個故事，聽完之後，大家說太精彩了，何不把它寫下來？左拉信心滿滿地說：「早已寫下了。」那篇是〈磨坊之役〉，莫泊桑則說了〈脂肪球〉的故事，後來那天晚上的故事收集成書為《美唐夜譚》，可說是第一本具有現代意義的短篇小說集，莫泊桑因此崛起，隔年出版短篇小說集印行十二版，這時他已三十一歲了，他追隨福樓拜七年才出師，一生寫了近百篇短篇小說，而有「短篇小說之王」之稱。

當時短篇被認為是公子哥兒的遊戲文章，然俄國有契可夫，美國有奧亨利與愛倫坡，儼然成為趨勢。類型之成熟端賴名家輩出與建構理論，愛倫坡提出的「單一效果」或「效果集中」成為短篇的第一個基石，短篇的人物不要太多，鎖定一人一事一短時距，因為單一，效果才能集中，即高度壓縮；莫泊桑提出戲劇性瞬間或稱戲劇性衝突，成為短篇的第二個基石。

短篇之所以為短篇，不是用字數定義，而是看藝術特徵，以白先勇的《台北人》來說，〈永遠的尹雪豔〉是短篇，鎖定一人一事，時空雖有轉移，然是今昔對照；〈遊園驚夢〉為中篇，因是一人多事（或多人一事），〈玉卿嫂〉是中篇，多人一事，〈孽子〉是多人多事，所以是長篇。

短篇的寫手需要機智、靈活，具爆發力，如黃春明、陳映真、七等生、郭松棻、洪醒夫……，然短篇寫手也多有寫中篇或長篇的，能同時寫好短、中、長的並不多，黃春明的〈鑼〉、〈莎喲娜啦・再見〉是中篇；陳映真的〈趙南棟〉、〈山路〉是中篇，但他們不一定能寫長篇，現代小說家通常長、短、中都寫，駱以軍早年以短篇為主，後來寫中篇，到《西夏旅館》才算會寫長篇；張愛玲早年寫短、中篇，一九五〇之後才寫長篇，或者許多小說家都以長篇為目標，但必須說明短篇與長篇的藝術特徵不同，需要的才具也不同，有些長篇是摻了水的中篇或短篇的連綴，只是較長的中篇或短篇。

短篇的結構可以明顯地分出頭、中、尾，頭即開端，必須有事發生才是開端，然後情節逐漸上升，抵達戲劇性高潮，這過程算是中部，而高潮之後的結局即是尾部。

什麼樣的題材適合什麼樣的類型，放錯籃子容易失敗，把短篇寫成中篇，後來又拉長為長篇而放錯籃子，最明顯的是張愛玲的〈金鎖記〉，把它放進短篇小說集就是個錯誤，它的題材是一人多事，寫作中篇最恰當，作者後來再改寫為長篇〈怨女〉，效果明顯不如〈金鎖記〉，而且作者還刪去了長安的故事，集中描寫銀娣的變態，結構更接近中篇，雖然寫得更細，它還缺乏長篇的複雜性與延展性、閒適感。

短篇與長篇最大的不同至少有四點：

1.人物刻劃方式不同

短篇的人物刻劃多用直接刻劃，少用間接刻劃，間接刻劃太費篇幅，容意讓情節停頓，如大量的內心獨白、夢境描寫，就不宜過多，多半以人物速寫與對話或小動作帶過，涉及內心描寫也只簡單幾筆，過於靜態有傷情節動作與發展，也有礙單一效果。因此短篇的人物性格不宜過於複雜，他可以是圓形人物，但只要有一個特性即可（好色、固執、叛逆……）如個性過於多元與分裂，那作為長篇人物較適合。

2. 結構不同

小說的結構至少可分為簡單結構、複雜結構、散體結構、機體結構、連鎖結構（多部曲）、鎖鍊結構、圓形結構。短篇多為簡單結構，也就是只有一條主結構線，結構完美的為機體結構，結構鬆散的是散體；冒險故事、章回小說多為鎖鍊結構，追尋或神話意涵的多為圓形結構，短篇寫散的不多，長篇多為複雜、散體、機體、連鎖、鎖鍊、圓形結構。

3. 過場處理不同

小說是由一連串事件組成，前一事件與後一事件之間以空兩行標示，千萬不要加花邊或打星星，那就太外行了，短篇的過場通常簡短，或僅以「隔天」、「過一個禮拜」、「日光漸暗，到了那天晚上」……，如果都用時間標示的話，顯得很呆板，可用對話或景物的變化來帶出時空的轉移，如上一事件是前天的白天室內，下一事件是今天晚上戶外「下弦月清淡一彎，像貼紙一樣扁平，空氣中有七里香的野香氣味，是六月了……」，也可用對話來帶「前天你說那個那個什麼狗屎……」，事件與事件的銜接是謂過場。

長篇的過場就很講究，有時占去許多篇幅，如《西遊記》中孫悟空被壓在五指山下五百年，懶惰的作者可能寫「春去秋來，轉眼就過了五百年」就帶過了；但在原書中它包含魏徵斬海龍王的故事、唐太宗遊地府、唐僧從被拋入江中的小孩成為高僧，以及唐太宗開盂蘭盆會超渡亡魂，並命唐僧往西天取經，上天入地，故事一個比一個精彩，這個過場除了交代五百年的歲月，它真的讓我們覺得過了好幾輩子、真有五百年之久，它本身是個宏偉的橋樑，保留了可貴的民俗神話故事與地獄圖像，中國小說之前對地獄的描寫從來簡略，地獄故事跟天堂故事一樣重要，西方的神話或小說早有地獄的描寫，《失樂園》、但丁《神曲》更具有想像力，中國的地獄故事要到西遊記才算經典，中元普渡或盂蘭盆會更成為東亞諸國重要的節日。

在梅爾維爾的《白鯨記》中，裡面有一章〈白鯨之白〉，描寫白鯨的象徵意義，將它寫成大自然偉力與死神的象徵，雖無情節，但他的文筆與刻劃令白鯨變得更立體，它也說是一漂亮的過場。

4. 視野不同

短篇的寫作很像用望遠鏡看世界，一個時段只能聚焦於一個人或一場景，而且是經過放大，把人事物拉近來看，視野不會太寬廣；長篇的寫作則要用顯微鏡，專寫那肉眼看不到的心靈世界與想像世界。如果史詩型的長篇則要用多種鏡頭，有時大特寫，有時大遠景，如此創造另一更真實美好的世界。

長篇

長篇小說的藝術特徵前面有提過，這裡談更仔細一些，第一是複雜性，不僅情節複雜，人物更複雜，它越接近現實生活的複雜則更有真實感，以巴爾札克的由九十餘部小說構成的《人間喜劇》來說，他將這個龐大的作品框架命名為《社會研究》，後因受但丁《神曲》（原名直譯為《神聖喜劇》）的影響改為《人間喜劇》，下設「風俗研究」、「哲理研究」和「分析研究」三個部分。巴爾札克想把人世間的一切喜怒哀樂、悲歡離合匯集為一個大舞台。

為完成《人間喜劇》龐大的創作計畫，巴爾札克夜以繼日的連續工作二十年。他經常每天晚上六點鐘上床，半夜十二點起床，披上聖多明各式的僧袍，點起四支蠟燭，一口氣工作十六個小時，只有在早上七點時沐浴，稍作休息，在一八三四年十一月間，一天要寫二十個小時。巴爾札克的傳記作家George Saintsbury說過，「沒有誰可以說清楚他到底是在生活還是在寫作」。他文思泉湧、疾筆如飛，幾十萬字的《高老頭》三天內一氣呵成，《鄉村醫生》花了七十二小時，《賽查・皮羅多》是二十五小時內寫成……。這便是長篇小說家，具有頑強的生命力與雷射、閃電般的寫作力，如馬拉松選手般，他們不是短小精悍的小鋼砲，就是身材胖大的大鋼砲，有越用越多的精力。

在題材上，需要更多的誘力才能吸引人讀下去，愛情、英雄、自我改進、金錢、權勢、美食、性慾、美麗、暴力、文明、神祕、健康可說是人性的十二大誘力，一本書能引起廣大的共鳴，題材包含越多的誘力則越吸引人，如雨果的《悲慘世界》包含的誘力就有愛情、英雄、金錢、權勢、暴力、文明、健康等誘力，《紅樓夢》則是全包了，長篇要讓人讀到不忍釋手，不談技術的話，能越廣闊越好。

也有那深入心靈描寫的《追憶逝水年華》，它除了不談暴力，也幾乎全包了。

第二是延展性，故事高潮迭起，節節升高，就像江河一般，從上游到中游再到下游，最後流向無限的意義大海。

長篇作家必須氣長，才不易在中途斷氣，或者時斷時續。好的長篇雖篇幅鉅大，故事的開展像孔雀開屏般全開，而非半開，你要賦予人物夢想，一再讓他的夢想破滅，而他再奮起，再挫折，再奮起，再幻滅，這是小說動機，也就是因；動機越強烈越深刻，糾葛越深，衝突越劇烈，那麼最後的絕望或成功，才能撼動人心，這是果。小說在一連串的因果中進行，情節展開，場景開闊，人物關係複雜如社會網絡，且頭尾一貫，通體相符，所以除了氣長，還要有強大的思想組織力。

第三是閒適感，也就是容許人物的靜態與生活細節描寫，食、衣、住、行、玩樂無一不講究，讓人彷彿跌進小說的世界，跟人物一起作息生活，異樣的空氣與景象、社交……，它對情節或許沒幫助，對小說的真實感、氣氛與節奏大有幫助，暴風雨前的寧靜，或戰爭後的狂歡，吵架後的和解，一動一靜，讓小說像樂章般行進，有時快如迅雨，有時慢如蟻行，一文一武才是王道。

長篇小說最困難的在人物出場、結構、思想表現，因為人物太多顧此失彼，或者多個人物一起上場，場面混亂，分不清誰是誰，寫長篇最好有計畫表或每個人物小檔案，這樣才不會搞錯或夾纏不清；結構因是多線進行，常無法聚攏，篇幅越長，情節變得太複雜，像一團亂麻，理也理不清；再來是寫太久，作者的重點與思想一再轉移，造成一改再改而至不能竟篇。

我們可以理解《紅樓夢》為何寫不完，在至少十年的書寫中，從剛開始重點在石頭，後來轉成十二金釵，再轉成情僧，再變紅樓，作者越寫越擴張，思想已有改變，加上脂評小組七嘴八舌，最早的結局一定有人不喜歡，作者也改不了，就這樣擱下，或者佚稿，小說寫得太好，讀者比作者還入戲，最後變成集體創作，這也是無可奈何的事。

我八年前開始寫的長篇，本想家族百年史加上城市史可以寫個十幾萬字，結果六萬就寫完了，於是再擴寫，重新來過，已經變成另一部小說，結構線更多，如今寫到二十來萬字，還是未寫完。只有這樣走一遍，才知長篇無法快寫，我們畢竟不是巴爾札克，可以一天寫個二十小時，但寫小說就要寫到分不清是生活還是寫作，好的小說跟作家一起生活，是生命的積累，已分不清是小說還是生活。

有些小說是建立在知識或資料上的，如艾柯的《玫瑰的名字》描寫中古世紀的修士刻經的命案，細節與場景皆有真實感，他可能作過考古與文獻的工作，充滿知性的魅力：駱以軍的《西夏旅館》裡面有大段的西夏歷史敘述，讓作者原本的小書寫具有強大的架構，裡面人物眾多，多線進行，這百萬字來得不容易，真有長篇史詩的魄力。

有些長篇是建立在長期的田野工作，如舞鶴《思索阿邦・卡露斯》、《餘生》，作者寫原住民跟其他作家不同的是，和他們作朋友並生活一段時間，作田野耗費的時間甚多，但對特殊族群與文化的探索，光靠資料或想像是不夠用的。

長篇的魅力即在建構一異次元的世界，獨立、完整、真實，比真實世界還吸引人，像愛麗絲掉進仙境一樣，除了豐富的想像力、還需要充沛的生命力與強大的思想組織力，連後設小說《法國中尉的女人》、《看不見的城市》都需要豐富的情節與想像，其複雜性比寫實小說更複雜。

長篇的結構可以在開端之前有幾句序言，如《雙城記》的序章：「這是最好的時代，也是最壞的時代；是智慧的時代，也是愚蠢的時代；是信仰的時代，也是懷疑的時代；是光明的季節，也是黑暗的季節；是充滿希望的春天，也是使人絕望的冬天；我們的前途充滿了一切，但也好似沒有前途；我們一直走向天堂，也一直走向地獄。」然後是開端，進展、分流、交匯、高潮、結尾。在進展、分流、交匯花的力氣最多，許多人在分流處不斷節外生枝，造成結構斷裂或時斷時續，勉強成篇；有的是拖拖拉拉停止不前，或者廢話超多，這都是長篇之病。

卷三　文學少年

我們不需要大師名師，需要的是園丁。因為現代人空洞無根，老師是一個園丁，學校是愛心農場，必須種下一顆顆種籽。

有放光的種籽嗎？

我住的附近有個小小的老公車站，歷史有五十年以上，可愛的造型很像龍貓公車站，曾經它是公車的終點站也是起始站，載來一群又一群的蘭燕梅與小童，最後載走一個又一個李曼與王亮，現在它廢棄已久，只有終年不斷的落葉與松鼠來訪。

廢棄的車站像一本塵封的書，令人空惘。沒有終點沒有起點，像是回歸自然成為它的一部分。

三十三年前我搭著二十二路公車到東海，妹妹因堂哥讀生物系讀東海，我因妹妹讀東海而來到這裡，後來小妹、堂妹也隨之報到，五個東海人沒有一個會唱東海校歌，太難唱了，剛來時學校很自由，我沒參加過升旗典禮，也沒見過校長，更別說是訓話。

那時，全校一千多人，三個研究所，只有二十一個研究生，於是成為師生注目焦點，住的是兩人一間的研究生宿舍，每個星期都要跟所長面談，報告讀書進度，東海的勞作多半掃地刷廁所，只有研究生在圖書館管影印。我對新文學較有興趣，提過「新月派文學研究」、「沈從文研究」等論文題目都被打下來，灰心之餘常蹺課，有一天學姊跟我說趙老師點我名：「叫那個有氣質的孩兒來上課。」老師的心戰喊話太厲害，被這樣說能不去上課嗎？

跟了趙老師才進入未央歌式的童話生活，老師的家是青年活動中心，也是半個調景嶺，巴黎公社生活，上完課一路送老師回家，一路唸：「落花徑上緩緩歸」，因為校園太大路太長了，到家後大夥兒燒菜烹茶，擺龍門陣大談咖啡館哲學，那時有個學妹迷金庸與楚留香，她的五官都很大，大圓臉大眼睛大鼻子，嘴巴尤其大，半長髮綁兩條小辮可愛滴滴，大家都「丫頭丫頭」地叫她。她迷武俠小說迷到修成精，古靈精怪應該是蠱毒派之流，或者是豪邁版的藺燕梅，她給每個人封號，於是大家都是某師兄某師妹，每天一見面都是：「大魔頭，吃你奶奶一刀，還不趕快求饒？」「你這小賊，看我打得你落花流水，叫你師父的師父來報仇吧？」那時《楚留香》正風靡，她每天談的都是「香帥」、「蓉蓉」，有時她也會很柔情地說：「他讓人見了忘情，卻也忘了一切人。」或「見了他，一輩子不想結婚。」

有這樣的師妹，自然一個個也變成師兄師姊，我像哪個人物呢？我不愛讀武俠，也不愛《未央歌》，較像西蒙波娃，對思索性別與存在始終有興趣。

東海因為師生都住宿，關係像家人，同時方師鐸與柳作梅老師也有一群徒兒，大家都喊柳老師「柳叔叔」，師徒制的好處是能得到較全方位的陶養，但也容易瓦解與形成派系，早期因人數少，大家都蕭散較沒這問題。我贊成小學校小班制，一個老師全心帶好十幾二十個，教育就是要精雕細琢。

老師當上系主任之後，大力改革中文系，他是台灣第一個把現代文學作為必修的中文系主任，且大一修新詩，大二修散文，大三修小說、文學批評，大四修戲劇、美學，這儼然是現代文學系所的概念，自然引起相當大的反彈，但也種下一顆種籽。我臨危授命，硬著頭皮教小說必修課，天哪，當時我才二十七八歲，才剛開始寫作不久，教一年，不長痘痘的我長一臉毒痘，但上完一年課，師生感情熱絡，寫作成績不俗，還編一本《小說專刊》，寫作、編輯、發表一貫，現在已成慣例。老師對我們如孩子，我們也將學生當孩子，這是老師對我最大的影響，想來我算是大學較早教創作課的。

創作課的特點是自由，沒有台上台下之分，也沒有課本，沒有老師，我們正在寫的作品就是我們的課本與老師，因為創作不是過去式，而是現在進行式與未來式，一旦開始寫，你向作品求索，作品也會向你求索，引導你如何繼續，你與作品相互求索，誰也難介入。讀最新的不完美作品比讀經典更重要，讀了經典就不想寫了，我寧可他們讀彼此的文章，我也跟他們交換讀正在寫的作品，彼此互評；多多地觀賞電影與其他藝術，讓文字有影像感與故事感。

寫作者最需要的是對的環境，東海有長久的文學傳統，數不清出現多少作家，美麗與自由的校園應是最大的成因，它保持了希臘哲學家的學園與未央歌的神話殘餘，讓創作者悠遊其間。

許多人說創作不能教，我認為有可教與不可教，天分是不可教的，但天才也需要對的環境對的方法；可教的是啟蒙，對於還未開始或走小路的人，可以引向較寬大長遠之道。

自從文學市場凋零，《東海文藝》停刊，讀者群大量減少，愛寫作的人還是一樣多，看我們的文學獎就知道了，大家愛批評文學獎，如果連文學獎都沒了，大概更沒人想寫作。

但也不能依賴文學獎，現今文學的主流在哪裡？以前是媒體，現在是文學教育體系，學院是龍頭，國中小老師尤其重要，國文課教什麼？教得好不好？關係到我們的文學基礎與能量。

大專任教的老師也不能推卸責任，不能迎合大眾口味而失去批判精神，身在主流中而無擔當，文學當然沒希望。

我們不需要大師名師，需要的是園丁。因為現代人空洞無根，老師是一個園丁，學校是愛心農場，必須種下一顆顆種籽。

現代作家的配備要比以前多，要會電腦，看的書更多，鬥志很重要，因為競爭越來越激烈。

東海從小學校小班制到大班大學校，現在師生近兩萬人，樹木越砍越多，大樓一棟棟蓋起，它的特點與優勢漸漸失去，但我總想，大學裁併後，回到最初的原點，老學校老傳統就是品質保證，在這戰國時期，東海應找到自己的特色。

我妹的小孩讀美國「小哈佛」，學校很小只有大學部，這學校以文科取勝，許多作家與學者群聚這裡當老師，小班教學，師生關係緊密，才唸一年，浮華的個性全改了。他高中就得文學獎，劇作在大劇院演出，春風少年志得意滿，愛穿名牌，到這學校後，發現每個學生都一樣厲害，連樣子也接近，老師得的獎更多，彼此激勵，他每天埋頭在寫作與讀書，穿什麼也不在乎了。

這種精英教育不適合台灣，但台灣至少要有一所，東海就很適合走「小小哈佛」路線。

在東海超過三十幾年，初來時每天經過路思義教堂，走向舊圖書館，那時最吸引我的是宗教與哲學書籍，讀到靈魂飄升，覺得時時刻刻與神或存在對話，連睡夢中也看到神的光，我的心跳得多麼激烈，就要從口中跳出來，我願獻身於某種理想或信仰，就是那股狂熱將我推進政治與愛情的激流中，而闖下許多禍事。

狂熱與激情是成大事者的動力，但也是闖大禍的基因。

多年來我刻意離東海遠一點，尤其是路思義教堂。

經過三十年，住到東海裡面，離路思義教堂只有三百公尺，每天清晨從門口梅花樹出發，途經陽光草坪，郵局走向路思義教堂，再也沒太大的狂熱與激情，當我的手觸碰教堂的琉璃牆壁，像來到哭牆而沒有一滴眼淚，我默默離去，不刻意祈求什麼，也不期待什麼，只是傾聽內心的聲音。大多的時刻是無聲，然也有窸窸窣窣的聲音，互相小聲對答，以極低微的音量。

我相信東海藏有龍貓，因為那個龍貓公車站，也因為只有少數人能與牠對答。

二校區開發之後，統聯的綠色巴士轟隆於草木之間，龍貓有一天會不會被嚇跑呢？

現在我栽花種樹，成為名符其實的園丁快兩年，發現花草成長的速度懸殊，長得最快的是野草與竹子，三五天淹到膝蓋，長得最慢的是蘭花與梅花，蘭花從抽芽到開花要一年，梅樹開花要三五年以上，「慢」是開花的藝術，也是創作與教育的精髓。

現在的七年級生真真不能小覷，他們有四年級的念舊，五年級的熱血，六年級的鬥志，七年級的搞笑，這一波也許是東海三十年來最大的一波，蘇家盛、楊富閔、周紘立、楊莉敏、楊文馨、蔣亞妮、包冠涵、林牧民……，他們有的早早成名，有的深藏不露，但對文學的狂熱是一樣的，師生之情也是一樣的。

他們一定在哪個相思林中遇見龍貓，並跟他們窸窸窣窣說起話來：

「你有那種很漂亮很大顆會放光的大樹種籽嗎？」

「有啊！但是不見了！」

「快找找。」

「丟了的東西找得回來嗎？」

無害的人類

寫作無師無親，無師無親自通，一般人都這麼認為，年少的我亦是如此。寫作怎麼可能有老師呢？

無師的意思是你找不到任何老師，但如果是老師找到你呢？

當我才開始寫，怯生生而不確定，趙老師說：「在一群小雞中，看到一頭小老鷹。」我環顧四周，是說我嗎？看錯了罷？我明明是溫馴的鴿子。

課後老師邊走邊吟詩，背後拖著長長的學生隊伍，一路跟隨到他宿舍，泡茶煮飯喝酒大談咖啡館哲學。

老師是學數學的，現代周文王演易，常用計算機換算世間大小事，喃喃中有時激憤滿臉凶氣捧計算機，他說天才的死期往往是七的倍數，李白六十三，尼采五十六，歌德的智商在文學家中最高，一百八，他也常說自己一百八。

狂傲的奇人，我在他身上學到的與其說是文學，不如說是書寫的邏輯與穿透性，寫作時不要命似的狠勁與殺氣，還有只走林中小徑，不走市民大道。

近身偷老師的靈光與生命能量，跟只上上課是大不同的。

在他的學生中，我最不會說話，人越多話越少，但他一直把我往前推，二十七歲在東海教小說創作，教到嚴重失眠滿臉毒痘，但學生喜歡我，我也只有以喜歡回報。

一般人以為我口才不佳，我也這麼覺得；其實只是習慣沉默，如果不是被強迫，不會發現自己也有口才。

以喜歡回報，喜歡寫作的學生也喜歡找我，一切是這麼自然。

漸漸發現我有星探的眼光，只要學生開口，大約能看到他的長處，可以發展到哪裡，這是老師傳給我的嗎？我也不知。

有些學生不能寫但頭腦清晰，一個清秀可人的女孩在台上報告引起我注意，我覺得她會是個勤奮的學者，後來她很年輕就當大學老師；另外一個喜歡演戲的漂亮女生，我覺得她是屬於舞台的，但非創作或表演型，而是唸書型，後來成為研究歌仔戲的教授。中文系能寫的只有極少數，一班有一兩個就不錯了，單獨出現的通常寫不久，或者寫類型如莫仁。必須成群出現才有大才，約十年一波，五年級那波是楊明、宇文正、方秋停……；六年級則是徐國能、甘耀明、李崇建、陳慶元……；七年級就是現在正要冒出頭的楊富閔、包冠涵、周紘立、楊莉敏、林徹俐、蔣亞妮、林炯勛……，照我的老師說就是以十為倍數與週期，每十年出現一群；以後頻率會密一些，每五年每三年，我相信。

我只是等待與召喚一大群雁子成群飛來。

記得那年他們都才大一，下課時喜歡圍著我說話，紅利一面秀歌星簽名CD，一面狂說八卦，楊富閔只會一直撓頭跳腳，他說話緊張時會鎖喉，亞妮與徹俐只遠觀不敢靠近，是我硬把她們拉近身，包子則一直跟我保持遠距離迴避，他怕人尤其怕老師，來東海之前他已唸了四五所大學，寫小說好幾年，大一就得東海小說首獎，那篇小說手法老成，文字特優。一直到大三大四他們才齊聚「創作實務」課程，一起自投羅網，必須說明創作真的不需要教什麼，當他們都具備良好的寫作基礎，只需要陪他們說說話看稿子，給他們表現舞台，良好的寫作環境與基本訓練，重點在慧敏反應與寫作紀律，寫作要又好又快，才能準備出手。在趙老師時代，他大力改革中文系，將現代文學列為系必修，大一新詩，大二散文，大三小說，大四美學與戲劇，可說是現代文學教育的先行者，後來革命未成身先亡，死年六十三，七的九倍數，這個數最凶。

後來必修改選修，結構散亂但基礎還在，我在大三大四加開創作實務課程，可說是跨類寫作，與寫作養成班，他們經過詩、散文、小說的基礎訓練，共同的特色是文字齊整，文類不清，大多數都在參賽中才確定自己的走向，如此文學獎也可說是選擇機制之一；只有包子是很早就確定寫小說，其他文類能寫但只擇一重點發展。文字好是基本，寫作者文字好是應該的，不能視之為優點，文字不好請作別行。常在文學獎評審會聽說選這篇因為文字好，令我詫異，參賽如同特技表演秀，以氣勢與新意為尚，然而真實的寫作不是那樣的，需要一步步貼近如火山口的生命核心。

維他命B

我似乎可以理解妳說的，世俗與魔鬼的誘惑。這樣子的誘惑由外由內，阻撓寫作的人逼近真實。從外在來看，寫作的人追求得獎、金錢、聲名或地位，有如商人那樣。記得自己之前總會因為這樣子的欲念，或是看到他人身上有這樣的念頭而感到悲傷，後來，我想只要是欲念，就該被誠實地面對，然後想法子克服或與之共存。寫作的純淨與自由，並非僅是種飄忽不定的心理狀態，而是該努力爭取的，那在我的想像中，應當是塊可供人仰賴的土地。

維他命C

為錢而寫作，現下好像已經變成不言而宣的潛規則，有一些作家坦白說：「我要錢！」、「給我錢！」、「我這麼努力國家應該養我！」那種理所當然的樣子常令我吃驚而發冷，在我們那個文學美好年代，大家都沒錢，也很怕談錢，正如有個老作家說的，找一份工作養自己的寫作，為的是跟創作保持較純潔的關係。我覺得新世代更難逃脫金錢的誘惑，只能折衷，不要太貪心，拿過一個大獎足矣，把機會讓給別人。另外，台灣還養不起純文學的創作者，必須要體認這事實，不去工作而硬要國家養，我不知會寫出什麼東西出來？

在寫作上，大三大四極為關鍵，也就是二十歲左右，通常會積極表現，雛形顯露，辦刊物組詩社的、參賽的、印作品集的……，徐國能較晚也是在研一研二開始拿獎，像林炯勛國高中拿獎、包子高中寫小說算是少數，天才總是早熟的，但生活常一團亂，二十歲較穩定，也可說是最後期限，此時尚無表現，以後要靠奇蹟。一旦開始拿獎，寫作變得不那麼單純，有的人一天到晚在算錢，有人則選擇躲起來懷疑一切：

維他命B

好久以來，我總不覺得自己是在創作東西，感覺上，比較接近是在翻譯些什麼。翻譯的程序，先是有個被我看中的，等待被翻譯的情緒或思想，這份無論來自我的閱讀及生活的待翻譯物，其內容於我而言是很固定的，寫，似乎只是虛構出一個環境然後將早已固定住的東西裝置進來。

讀到老師寫「只是夢幻者常不相信自己的虛構」時，我很難過，也有種被刺傷的感覺，我想老師說的沒錯，我確實不相信自己的虛構，也不相信自己。

維他命C

我無意刺傷你，能這麼深入反省與討論寫作，你是年輕作者裡少有的一個，我只是希望你多相信自己的虛構，當觸到對的點，它自己會生長。

我現在正在寫的長篇，寫了近十年，中間經過當機遺失三萬多字，灰心擱置一年，今年重新寫，方覺那十萬字都該丟，新長出來的東西自己會跑，我只是執行它而已，雖然不知它要去什麼地方，但直覺告訴我現在是對的，它就會走向終點。翻譯是書寫的必要過程，將雜亂無章有形無形的生活，撿選富於美感的經驗重新組合成抽象的文字，問題是太過安全與完全複製，是否真的滿足我們想表達的，以及殘篇是否有耐心繼續虛構下去。

文學是想像力的文本，睜一隻眼閉一隻眼作夢，寫作者對自己的書寫常隨心所欲而不夠警醒，我初初寫作時被動而僵硬，寫到八十分自以為可以了，有人催才寫，寫到八十分就丟出來，這樣居然也能混過去，四十歲才有警覺，始知今是昨非，好文章需等待，等三分熟七分朦朧才下筆，或者隨意點進去，讓它自然成文，過程有時很辛苦，你會軟弱而不相信自己，最後放棄。

維他命B

一個幻想的人之所以不相信自己的幻想，不見得是他擔心幻想將會帶他前往到何等恐怖、虛妄或瘋狂的境地，而是他不相信自己的心中有些什麼不會毀壞的印記可以再度喚他回來。也突然想到：也許幻想最美的可能不是終於完造了幻想的國度，而是到達了那個國度後，回返的歸途才會浮現。

維他命C

問題是如何抵達那個幻想的國度，當寫作者沉迷於自己創造的未知世界，極好與極壞的誘惑一起湧來，一是過去讀過的經典與雜七雜八的複製品與記憶，我們可稱之為世俗與魔鬼的誘惑，如向它靠攏即可成為一部平庸之作，甚至還可以拿獎；一是尚未掘開的無人之地發出北極寒光，令人畏怯，這時只有抵死頑抗，只要堅持下去，它會像冰溶一般化開，那畫面如此鮮明生動，陌生又熟悉，彷彿是心靈深處的家，一直在那裡，你只是回家，讓自己重新被生出來。

寫作中的人隨死隨生隨生隨死，以文字作生命搏鬥，寫作者因過於關注自己的寫作而無視生活與他人，也許這是他們有害的地方，只要有自覺將傷害降到最低，也差可成為無害的人類。

我也曾將生活弄得一團糟，自厭厭人絕對有害，這時一群白鴿般發光的少年少女靠近我，渴望地說「老師我們一起去喝茶聊天好ㄇ？」，我拒絕好幾次最後勉強前去，精心挑選過的咖啡屋布置溫馨，氣氛美食物好，但這些都不再吸引我，一逕皺眉發呆，窗外的陽光帶刺地直射，連陽光也可厭，一少年說那邊有一人好美，我太無聊推他前去搭訕，他真的去了，講話結結巴巴，一面畏懼回望我，深怕造成失望，我在一旁笑彎腰，感覺封閉的心開了一絲縫，那少年是紅利或富閔或包子，記不得了！

又一次是在靜宜的作家與學者研討會，內心抗拒前去，五、六小子架著我去，請學生代讀剛寫好的〈胡笳十八拍〉，他的聲音感性悅耳，不行了，底下有不少人頻頻拭淚，我也想哭但沒有眼淚，對於初接觸文學的小子，應該會記住那一天，於我是永遠的一天，那其中有富閔、彥新……。

除了這些與那些，我們常在信上對談，有時更能觸到要害，可以用來說明創作與我們之間的交會。

維他命A

我時常會偷偷眺望著你曾說過的「靜謐而合理的生活」。寫作好像是一件時刻不能確知的毀壞的行為，我已經忘卻了也許我所曾經有過的能力了。在我內心深處多麼渴盼與E一起生活並成為一個寶愛庸俗者，那時，我要如同撫慰一隻貓似地，撫摸著中產階級的生活。把一切的對抗，藏匿起來。書寫者其實是有害的人類，這種害處原是我們換取美的代價。

維他命C

寫作的確會毀壞一些什麼，健康、眼力、人際關係、純潔……，寫作者有時也很庸俗，對抗庸俗只是少數人的潔癖，能在庸俗中不為所染才是困難。想想佩索亞過的會計生活吧？在他上班的里斯本道斯多雷斯大街，有放射而出令人暈眩的大海，還有紅色的電車行駛在斜坡之上，他沒有被毀壞，緣於靠想像中的V先生滿足他的欲望：「V先生就是生活……藝術與生活在同一條街上，卻在不同的房間。」

A具有特異的文才，因他的生活荒唐差點放棄他，最近才修好，只能隔著距離以文字溝通，師生關係有時親如骨肉，有時冷如死灰。

是他們讓我打開心讓陽光進來，並聒聒說個不停，這樣說來他們才是我的老師，教我如何與人溝通，對學生付出愛，作一個較為無害的人類，最重要的是忘記老師身分，這也是寫作無師的另一說罷！

文學少年屁孩

剛遇見他們還是一群十八歲上下的小屁孩，只有包子（包冠涵）年紀大些，他愛穿鼠灰或灰藍，舊舊的牛仔褲，連國中的衣服還在穿，走路有點拖曳，碰到不想見的人會像超級瑪莉向後轉，是個「凍齡少年」；其他明明是高中生來亂的，穿五分褲、拖鞋、頭抓火燄山，一個個像水濂洞的孫悟空；女孩較矜持，甜美而靜默地望著我笑，那正是世紀初，我的乾燥症嚴重到張口困難，講話氣若游絲，我跟他們說：「下課後不要跟我說話，我會死掉。」可以說零互動，零社交。

是纏人精周紘立起的頭，他是個愛控場的DJ，話多到令人恍神，還比手勢油嘴滑舌，笑聲嚇死人，他常遞CD強迫我聽，連蘇打綠簽名的CD都沒來要回去，他們真的很熱情，那是盲目的追星熱，我偏要打壞他們的幻想。有一堂課，周紘立交了一篇「作文」，我用一整堂課說明作文與散文的不同，並沒有針對他。結果這七八年來他到處講我罵他整整一個鐘頭，恨結得很深，他發誓要幹掉我，把我的作品一本本找來讀，還故意找我簽名，連絕版書都找來。這個行為偏激的屁孩被我激到，二年級小說課一篇篇作品飛來，他寫東西神速，一天一兩篇是常事，必須要說寫得好不容易，寫得又快又好才能吃上這行飯。好文章因有靈感快如閃電，那一個字一個字刻的可能只能當興趣。紅利的小說又快又好，是剛起步的好，寫短的可以，寫長露出破綻；富閔遇強更強，是個超級戰將，他的進步最神速，是越寫越好的好，速度也很快，但他有勇有謀，會擇善出手；包子很早就體悟文學靠自己，是不鳥老師的個體戶，遇到我之前已寫數十萬字。可能我的難纏更刺激他們的鬥志，三年級創作實務課一個比一個強悍，齊聚一堂課，包子、楊富閔、周紘立、蔣亞妮、林徹俐、幼綺、阿泰、啟銘……，因只限十人，較像工作坊，沒有台上台下之分，寫作沒有老師，寫本身就是老師，當你開始寫，遇到阻礙，一般人會停住，但創作者選擇跳過去，在困頓中等待靈感，「光」自然來指引你，大量寫勤奮寫，要當文學工人，不當貴族，這裡就是個工廠，我也把正在寫的文章給他們看。

通常開個頭，就是放作品，當白色螢幕放射出他們的作品，在黑暗中每個字都在閃光，他們專注的臉像雕像一樣，眼中充滿異光，那是一個神奇時刻，眼神與文字的電光石火，好像另一個我在看另一個我，另一個我又回頭看你，然後是細細講評，剛開始包子講話抖得好厲害，富閔常會打結，但在黑暗中，像心理治療室，從夢囈、呢喃到一個比一個毒舌，在此高壓下軟弱或不想寫的一定會逃，只有強悍的才會留下來。會寫的一定會讀，會讀的一定會評，寫、讀、評是一體的，有一個人的作品被評像三十九元的小說，氣得再寫不出來。這有風險，像亞妮嚇到三兩年不敢拿出作品，到中興讀研究所才爆發能量，優點是他們習慣互評之後，彼此交換作品切磋，一直延續到現在。

理查帕克。老虎。創作靈感。你要與它和平共存，讓它跳出來，一起漂流在夢幻之海，然後走入叢林。

一個人。孤獨。沒有第二個人，只有你自己。

可能被吃掉。虎吃人，人也吃人。

出書已三年的富閔，像童星般常說些過分早熟的話，也有一時間看破名利場人情冷暖的沮喪，他常嚷著：「寫完這本，就結束這一切！」，他十八歲開始寫，二十歲參賽，二十二歲出書，二十五歲就想早退；紅利也喊：「寫完三本，就不玩了！」看來過早開始不一定好，現今文學環境太壞，讀者太少，作者變多，出書容易，退書更容易，出書再也沒有快感，我已習慣這種冷淡，在冷淡中繼續寫，因為這種現實不會比其他行業黑暗。

如果被老虎吃掉，或者被人吃掉怎麼辦？

海上的暴風雨令老虎也感到恐懼，它望著海底，看到它死去的同伴，還有沉沒的船。

老虎的心靈世界也許跟人一樣，大自然的偉力令人臣服，卑微如塵沙。

我們是一體。

光就是神。

文學的靈光就是創作者的神，但不要太依賴它，它太狡猾了。相較下，包子愛跟它玩，那是一種寫作生存詐術，跟老虎玩，或者變成凶狠的老虎，或者被老虎吃了死而無憾，因為寫作就要玩大的，玩命的，然而周圍的風光或者明媚或者凶險，你不為所動，因為你沒什麼想索求的，文字自會來求你，包子玩很久了，久到分不清誰玩誰，也看不到名利場或人情冷暖。他一個月花幾千塊，都三十了還在打零工，最想作的工作是風景美麗生意不佳的民宿清潔工，這樣就有時間寫作，至於島主競爭太激烈，不適合無爭的他。說他對出書沒概念，他說寫完就完事，其他都是物質性的。這種心態更健康一些。

寫作者有幾種類型——流星、蝴蝶、劍，流星型，名利心太重，患得患失，很容易疲累，或垮掉或壞掉；蝴蝶型，把寫作圈當社交圈，水袖特長，舞得人眼都花了，這種人反而像長壽劇一樣持久；劍型，人與劍不分，有時劍在匣中鳴，有時劍光閃閃要人命，包子應該是一把好劍。

叢林召喚老虎回到自然，它累了，他想回家！

朝聞道夕死可以，讓老虎回家，自己留下。

寫作亦是尋找真我的過程，人總要跟虎玩一回才過癮，那些還在奮鬥的楊莉敏、楊文馨、黃詣庭、蔣亞妮、林徹俐、林牧民……，他們較慢浮出跟文學流行有關，如今陰柔書寫當道，陽剛書寫、異性戀者還在調整聲腔，未來到底會走到哪裡，連我也很迷惘，世紀初的基化開闢出新徑，而這條小徑也太小了，容納得了不同的聲音嗎？像亞妮的冷豔、徹俐的娃娃音、莉敏的清澈、詣庭的碎唸、馨潔的勾魂、牧民的神叫、四鬼的鬼哭？我們的文學品味越走越狹隘，還有他們生存的餘地嗎？

少年冒險記的主角往往只有一個。船只一條，難民難獸很多。
還好我們擁有大海。
還有自由無垠的大海。

海濱花

最常走的是濱海那條種滿花樹的小路，高的是榕樹、木蘭，矮的是朱槿、杜鵑、軟枝黃蟬、報春花……，這些花種台灣都有，就是個頭小很多，腥紅辣綠，是張愛玲筆下的如火山熔岩一路潑灑成河，一種熟悉又陌生的空氣，然後海就以嫵媚迷離之姿向你撲來，濃稠的鹽腥氣味，明亮的日光城市，海邊生出的花園，這要用多少人為人力？在台灣就只有木麻黃樹林，及林投荊棘之屬，海濱之花如夢如幻，海濱之人，看似無情卻有情。這就是東方明珠的珠中之珠——珠海學院，從廣東珠海一路流離搬遷至荃灣，又將移往屯門，我卻從另一個海嶼迷迷茫茫來到另一個海嶼。

初來時確是迷茫，對珠海的認識僅止網上資料，聽說這裡學生不好教，大都是打工一族，讀書風氣不佳，而且普通話普遍不好，我的廣東話一句也不通，這樣上課一定很吃力。我雖有二十多年的教書經驗，什麼樣的學生都碰過，也許是到美國交換教學有些磕磕碰碰，對海外教學並無太大把握。但老師沒有選擇學生的權利，好學生並不需教，他自己就會教自己，東海曾經是頂好的學校，那已經是過去式了，現在也就是中後段班，我從最好的學生教到現在的八九〇後難搞的草莓族，有時感到吃力，有時充滿希望，因為被定義為中庸的學生，往往是未被開發的天才，尤其是寫作，有點壞才寫得好，大作家從來不是好學生。

小路通往街市那邊，高大的商場與吵雜的市聲，魚市中活跳跳的海鮮，常跳落地面，濺起水花，一坨坨血跡斑斑剛殺好的鯇魚，四分五裂如同凶殺現場，這讓我自恃會吃海鮮的驚得倒退三步，果然生猛！街市的小販亦是生猛潑辣，買賣稍一遲疑，立馬露出不悅之色，搶下貨物：「無使摸，莫賣了！莫賣了！」

第一次上課，看到學生的樣子，安靜被動，模樣長得跟台灣學生差不太多，時髦的更時髦，簡樸的更簡樸，倒是坐前三排的甚多，我一面上課一面問他們問題，剛開始吞吞吐吐，後來他們的話越來越多，尤其是少捷與潘劍話特別多，還把師生的對話貼到我部落格上。

我的部落格「仙人掌公園」貼自己的文也貼學生作品，同時是師生交流的管道，在留言中你一言我一語煞是熱鬧。學生在我部落格貼文，行之有年效果還不錯，主要是大家都看得見彼此交流，再說作業一定要發表才能成為作品，能寫的多貼，沒貼的現形，一個也跑不掉，我尚且立下Deadline死亡線，過期無效，寫作者要有效率，一定要嚴守截稿時間，拖稿者是會被淘汰的。

在效率上，珠海的學生可說相當優越，在台灣，快的會在隔週或隔月貼，在這裡從第二週開始起跑，當天隔天就已有人貼文，一篇接一篇速度很快，到五月中截稿日，「當代文學」貼文已達三百多篇，「現代小說」也有一百篇以上，數量之多可謂破我教學以來的紀錄，好犀利啊！

珠海的創作能量驚人，這兒真是臥虎藏龍，他們的散文與小說底子不錯，現代詩較弱，香港寫詩風氣不盛，我正傷腦筋，不料發生三一一九日本福島地震，於是大家以詩劇場表達心情，我也加入表演《不要輸給雨》，早幾年我組過劇團，劇場是開放心靈的能量場，但我早已不再參與，為了召喚詩靈只有勉強下海，台灣學生已是作家的富閔、紅利也來課堂上精神喊話。此後，學生的詩作越來越多，越來越好，甚至超越散文、小說。

海面上總有一層濛濛的灰，聽說福島的輻射塵抵達香港，是日，天氣陰灰，我穿著黑色風衣打著傘，行至昔日的「伶仃洋」，駐足遠望，我不嘆伶仃，奈何伶仃嘆我。

當作品累積到一個數量，就有編刊物的必要，有日到圖書館找資料，無意中看到第一屆香港青年徵書比賽海報，只要編好檔案，就有成書拿獎的希望，這個機會來得太巧太妙了，看看時間剛剛截止，我打手機過去請求展期，雞同鴨講好久，終於說定延後幾日報名。

徵求學生編輯意願時，新聞系的許諾最為積極負責，課堂上馬上就在我的電腦完成報名手續，中文系較謙退，讓我有點失望。因為是比賽，編排必須精美出色，遂邀請嶺南大學中研所學生蔡明俊加入編輯及提供稿子，他曾到東海交換上過我的課，來珠海生活瑣事多倚賴他幫助，他幾乎每堂必到跟學弟妹們上課，義務當ＴＡ，誰說香港青年功利呢？

我覺得他們的道德觀念有的比台灣青年強烈，因為教會與儒家的雙重影響，不一定有信，但更有義。

我想多瞭解他們心裡想些什麼？更想瞭解他們的生活，於是週五是我們的午餐約會時間，在台灣我也常請學生到家裡吃飯，因為平常他們很少見到我，我喜歡在家寫東西少去研究室。在這裡聽說學生很少到老師家吃飯，我覺得學校提供這麼好的環境，如能分享更加美好。通常我下廚作幾個台灣家常菜，他們有的帶媽媽作的菜，有的買好吃的點心來，在我的住所亦即他們說的「豪宅」一起共進午餐，接著是下午茶，每每聊到傍晚才停歇。少捷跟建文、潘劍、嘉欣、家興、家瑤……那組最是熱鬧，男的調皮多話，女的懂事貼心，嘉欣媽媽作的上海美味烤麩與燻魚真是可口，可男生帶來的超市食品真是不敢領教：罐頭餐肉、罐頭魚、怪味肉乾、棕櫚油作的小餅乾，一直騙我好吃得不得了，說他們就是吃這個長大的……，說得興高采烈連建文的普通話也變好了，上課他一向戴口罩，坐第一排卻不吭聲，聚餐時我才知他有多活潑，一隻嘴能把死的說成活的。

最大的問題通常是感情，然後是時間不夠用，錢不夠用……跟台灣一樣，只是香港青年較成熟懂事，他們因打工的關係能吃苦，相對地也較世故，純真樂天的也很多，也許是宗教信仰的關係。

大哥、少捷早有女朋友，工作好一段時間，即將畢業的他們對未來有點憂心，想法務實，現實壓力對他們來說來得過早，似乎直接從童年跳到成年。

無憂的青春，少年的浪漫，對他們來說過於奢侈。

從高樓這邊望不到海，只有鄰居的窗台擺放著什物，天天傳來變換口味的煲湯香氣，好濃的人間煙火味，電視不斷播放各種美食節目，清純的美女大口大口品嘗著美食，就是這人間氣讓港人直來直往不造作。我喜歡平台，通常在二樓稱為P的地方，算是天台，像中國古宅中的天井，在西方現代建築中加入中國固有的元素，大家在平台上活動，隔絕馬路的喧囂與危險，於兒童婦女老人最安全，這裡食衣住行育樂都有了，充滿濃濃的人間氣，這就是市井啊，看那穿著沾滿油污汗衫的茶餐廳廚師坐在店門口看報，還有街市中的殯葬品與豬肉攤並列，犯沖就是美。

《瞬舞》編好時，課程也接近尾聲，可惜他們看不見自己的作品變成書，等比賽揭曉吧！可愛的老小孩！

監考時，有同學交卷時說：「我知道，我以後一定會繼續寫，謝謝老師一直對我這麼好。」一時內心五味雜陳，在台灣，不管對學生多好他們都不會說謝，還要比誰對誰酷，誰最毒舌，嘴巴壞得不得了，縱有感念也用裝酷表現，教書這麼多年來第一次有學生這樣說，而天下的老師不也最期待聽到這句話嗎？

但我更心疼這些孩子太懂事了些，人不輕狂妄少年，重要的是要對自己好一些，人在現代大都會中變得更渺小更謙卑，所以更要努力活出自己。

來時是初春，去時是仲夏，濱海的花草更加茂密，陽光已趨白熱化，在這如夢幻般的海濱花園，你我相逢在黑夜的海上，讓我們揮揮衣袖，帶走所有的雲彩！

周芬伶作品集 04

創作課

著者	周芬伶
責任編輯	陳逸華
創辦人	蔡文甫
發行人	蔡澤玉
出版發行	九歌出版社有限公司
	臺北市105八德路3段12巷57弄40號
	電話/02-25776564・傳真/02-25789205
	郵政劃撥/0112295-1
九歌文學網	www.chiuko.com.tw
印刷	晨捷印製股份有限公司
法律顧問	龍躍天律師・蕭雄淋律師・董安丹律師
初版	2014年2月
初版3印	2018年8月
定價	**280元**

書號 0111304

ISBN 978-957-444-927-9

(缺頁、破損或裝訂錯誤,請寄回本公司更換)

國家圖書館出版品預行編目資料

創作課 / 周芬伶著. – 初版. --
臺北市：九歌, 民103.02

面； 公分. -- (周芬伶作品集 ; 4)

ISBN 978-957-444-927-9(平裝)

811.1 102027976